U0140982

译美文

老人与海

The Old Man and the Sea

〔美〕厄内斯特·海明威 著

谷启楠 译

天津出版传媒集团

天津人民出版社

图书在版编目（CIP）数据

老人与海／（美）海明威（Hemingway, E.）著；谷启楠译. —天津：天津人民出版社，2013.1
（译美文）
ISBN 978 - 7 - 201 - 07761 - 1

Ⅰ. ①老… Ⅱ. ①海… ②谷… Ⅲ. ①中篇小说—美国—现代 Ⅳ. ①I712.45

中国版本图书馆 CIP 数据核字（2012）第 273528 号

天津人民出版社出版
出版人：刘晓津
（天津市西康路 35 号　邮政编码：300051）
邮购部电话：(022)23332469
网址：http://www.tjrmcbs.com.cn
电子信箱：tjrmcbs@126.com
高教社（天津）印务有限公司印刷　新华书店经销

2013 年 1 月第 1 版　2013 年 1 月第 1 次印刷
880×1230 毫米　32 开本　5 印张　3 插页
字数：100 千字
定　价：15.00 元

目 录

老人与海

献给查尔斯·斯克里布纳和马克斯·珀金斯①

---

①查尔斯·斯克里布纳(Charles Scribner, 1854—1930),美国著名出版商,担任其家族出版公司总经理期间,出版了许多美国著名作家的作品。马克斯(韦尔)·珀金斯(Max Perkins, 1884—1947),查尔斯·斯克里布纳之子出版公司知名编辑,多年负责编辑海明威的著作。

他是一个独驾小帆船到墨西哥湾流①中捕鱼的老人，目前已有八十四天没捕到鱼了。头四十天里，曾有一个小伙子②与他为伴。可是，四十天一无所获，小伙子的父母就告诫儿子，说这个老头儿绝对是 salao③，也就是倒霉透顶。于是小伙子遵从父母的指示上了另一条船，那条船第一个星期就捕到了三条上好的鱼。看见老人每天空船而归，小伙子很难过，他总去岸边帮老人搬成卷的渔线，或搬手钩和鱼叉，或扛卷在桅杆上的船帆。那张帆用面口袋片补过，收拢起来活像一面标志着永远失败的旗子。

老人瘦削憔悴，脖颈上皱纹很深。他的面颊上有良性皮肤瘤的褐色斑块，是赤道海面反射的阳光造成的。

①通常指从佛罗里达海峡流向欧洲西北部海域的温暖海流。

②根据海明威研究专家 Bickford Sylvester 的考证，本书中的人物马诺林不是十二三岁的少年，而是二十二岁左右的男青年。参见 Scott Donaldson 编写的 *The Cambridge Companion to Hemingway*（Cambridge University Press，1996）中第 12 章 "The Cuban Context of *The Old Man and the Sea*"（243—268 页）。（参见 http://books.google.com.hk）。本书译者据此将原文中的 boy 译为"小伙子"。

③salao，拉丁美洲俚语，意为"倒霉的、不走运的"。

那些斑块一直延伸到面部两侧。他的手上布满伤疤，像一道道深褶，那是他经常握绳索拉沉重大鱼的结果。但是没有一处伤疤是新的。它们犹如无鱼的沙漠里发生的风化那样古老。

他身上的一切都已衰老，除了眼睛。他的眼睛像海水一样蓝，流露出快乐和不言败的神情。

"圣地亚哥，"他们从拽船上卵石滩的地点爬上海岸时，小伙子对他说，"我又能跟你出海了。我们已经赚了些钱。"

老人教过小伙子捕鱼，小伙子很爱他。

"不行，"老人说，"你上的是一条走运的船。还是跟他们干吧。"

"可是你记得吗，你那次有八十七天没捕到鱼，过后咱们一连三个星期每天都捕到大鱼。"

"我记得，"老人说，"我知道你不是因为有疑虑才离开我的。"

"是爸爸让我离开的。我是孩子，必须听他的。"

"我知道，"老人说，"这很正常。"

"他没有多大信心。"

"他没有，"老人说，"可咱们有。对不对？"

"对，"小伙子说，"我能请你去露台饭店喝杯啤酒吗？过后咱们再把这些家什搬回家。"

"可以呀，"老人说，"都是渔夫嘛。"

他们坐在饭店的露台上，很多渔民拿圣地亚哥开玩笑，可他并不生气。其他年纪大些的渔民看着他，都为他感到难过。但他们没有表现出来，只是平和地谈论海流、放渔线的深度、持续的好天气和自己的见闻。那天捕到鱼的渔民都回港了，他们已把枪鱼破肚刮净，整条横放在两块木板上，每块木板两端各有一人，两人把鱼踉踉跄跄地抬到鱼库，等冷冻车来运到哈瓦那^①的市场去。捕到鲨鱼的人已把鱼送到小海湾另一边的鲨鱼加工厂。厂里的工人用滑车组吊起鲨鱼，挖出肝，切掉鳍，剥下皮，把肉切成条，以备腌制。

平素刮东风时，总有一股腥气从鲨鱼厂飘过这个港口；可是今天只有淡淡的腥味，因为风已偏向北方，稍后便停了。露台上日丽宜人。

"圣地亚哥。"小伙子叫他。

"嗯，"老人说。他正端着玻璃杯，想着多年前的往事。

"我可以出去给你弄点沙丁鱼明天用吗？"

"不用了。你打棒球去吧。我还能划船，罗赫略会撒

_____

①古巴共和国首都。

5

网的。"

"我愿意去。就算不能跟你一起捕鱼,我也愿意帮你干点儿事。"

"你给我买了一杯啤酒,"老人说,"你已经是个成年人了。"

"你第一次带我上船时我有多大?"

"五岁,你还差点死了。我把大鱼拉进船时手太生,差点儿让它把船撞碎。你还记得吗?"

"我记得鱼尾啪啪拍,鱼身砰砰撞,横座板都断了,还有棍子打鱼的声音。我记得你把我扔到船头成卷的湿渔线堆里,我觉得整条船都在颤,你用棍子打鱼的声音就像在砍树,我浑身上下都是甜丝丝的血味。"

"你真记得这些,还是我告诉过你?"

"从咱们第一次出海时起,所有的事我都记得。"

老人用久经日晒的、自信而慈爱的眼睛看着他。

"你要是我的孩子,我会带你出去赌命,"他说,"可你是你父母的孩子,而且你跟了一条走运的船。"

"我能去弄点沙丁鱼吗?我还知道去哪儿弄四条饵料鱼①。"

---

①指专门被肉食性凶猛鱼类吃的小杂鱼。

"我今天还有剩的。都在盒子里用盐腌着呢。"

"我去弄四条新鲜的吧。"

"一条。"老人说。在他的心里，希望和信心从未消失。但现在它们变得更强了，犹如微风逐渐加大。

"两条。"小伙子说。

"两条吧，"老人表示同意，"这几条鱼不是你偷来的吧？"

"我倒是想偷，"小伙子说，"可这些都是我买的。"

"谢谢你，"老人说。他太单纯，不会去想自己是什么时候变得谦恭的。可是他知道自己确实谦恭了，也知道这并不丢脸，并没有让他丧失真正的自尊。

"有这样的海流，明天会是个好日子。"他说。

"你打算去哪儿？"小伙子问。

"去远海，等风转了向再回来。我想在天亮前出发。"

"我会尽力劝他①去远海，"小伙子说，"那样的话，如果你钓着了特大的家伙，我们可以去帮你。"

"他不喜欢去太远的海里捕鱼。"

"是啊，"小伙子说，"可是我会看见他看不见的东西，比如看见一只鸟在捕食，我就会说服他去远海追鲯

---

① 应指小伙子打工的渔船船主。后文中还有这样的指称。

鳅①。"

"他的眼睛有那么糟吗？"

"他差不多瞎了。"

"那就怪了，"老人说，"他从来没捕过海龟。那活儿才伤眼呢。"

"可是你去莫斯基托海岸②外捕了那么多年海龟，眼睛还是那么好。"

"我是个很特别的老头儿嘛。"

"可是你现在有那么壮实，能对付一条特大的鱼吗？"

"我想能。再说还有很多诀窍嘛。"

"咱们把这些家什搬回家吧，"小伙子说，"那我就能取撒网去逮沙丁鱼啦。"

他们从船上拿起渔具。老人肩扛桅杆，小伙子搬起装着一卷卷棕色硬编织渔线的木箱，扛着手钩和带柄鱼叉。盛鱼饵的盒子放在船艄下面，那里还有一根木棍，是用来制伏拉到船边的大鱼的。尽管没人会偷这位老人的东西，但是船帆和沉重的渔线还是搬回家更稳妥，因为露水对它们不利。再有，老人虽然相信当地人不会偷他

---

①鲯鳅(dolphin)，即 dolphin fish，又名 dorado，一种食用和游钓鱼，栖息在全世界热带和温带水域，以死后迅速变成鲜艳的蓝、金相间的体色而著名。

②尼加拉瓜和洪都拉斯的沿海地区，为宽 65 公里的低洼地带，因该地原住民莫斯基托印第安人而得名。

的东西，但他认为没有必要把手钩和鱼叉留在船里，那会是一种诱惑。

他们两人沿着大路往上走，来到老人的棚屋，走进敞开的屋门。老人把桅杆连同卷起的风帆斜靠在墙上，小伙子把木箱和其他渔具放到桅杆旁。桅杆几乎跟这间一室棚屋一样长。棚屋是用王棕树①（当地人称 guano②）的坚韧护芽叶片建造的，里面有一张床、一张桌子、一把椅子，泥地上有一个烧木炭做饭的地方。棕色的墙壁是用纤维结实的 guano 叶片展平后层叠铺成的，墙上有一幅彩色的《耶稣圣心图》③和一幅《科夫雷的圣母像》④。这些都是他妻子的遗物。墙上曾挂过一张他妻子的着色照片，可是他摘掉了，因为那照片让他倍感孤独。现在那张照片放在墙角的架子上，压在他的干净衬衫底下。

"你有什么吃的？"小伙子问。

---

①原产美国东南部、西印度群岛和热带美洲，茎直立，高达30米，叶片为羽状。

②guano，西班牙语，意为"棕榈树"，实际上指的不是王棕树，而是银榈属棕榈树，其叶片为扇形，常用于铺盖屋顶和墙壁。在此句中作者混淆了这两种棕榈树。（参见 http://www.bookdrum.com/books/the-old-man-and-the-sea/9780099908401/bookmarks.html）

③"圣心"为天主教名词，指作为天主教崇拜对象的耶稣肉身的心脏。圣心崇拜始于17世纪。圣心图多为带伤痕的心脏，周围饰以荆棘冠冕和光芒。

④指供奉在古巴科夫雷城的慈善圣母雕像。1916年罗马天主教会宣布该圣母为古巴守护神。

"一锅黄米鱼饭。你想吃点吗？"

"不吃。我回家吃饭。要我生火吗？"

"不用。我过一会儿再生火。也许就吃凉饭。"

"我能拿撒网吗？"

"当然可以。"

其实屋里并没有撒网，小伙子还记得他们是在什么时候卖掉那张网的。可是他们两人每天都要这样假说一番。小伙子也知道，屋里根本就没有黄米鱼饭。

"八十五是个幸运数字，"老人说，"你愿意看见我带回来一条大鱼，开膛拾掇干净还有一千磅吗？"

"我去拿撒网，然后去捞沙丁鱼。你在门口坐着晒晒太阳行吗？"

"行。我有昨天的报纸，我要看棒球消息。"

小伙子不知道"昨天的报纸"是否也是假想出来的。可是老人真的从床底下拿出了报纸。

"佩里科在 bodega①给我的。"他解释说。

"我捞到沙丁鱼就回来。我会把你的那份和我的那份都冰镇起来，明天早晨再分。我回来以后，你给我讲讲棒球新闻。"

①bodega，西班牙语，意为"杂货店"。

"扬基队①不会输。"

"可是我怕克利夫兰印第安人队。"

"要相信扬基队，我的孩子。想想大球星迪马乔②吧。"

"底特律猛虎队和克利夫兰印第安人队，我都怕。"

"小心点，要不然你连辛辛那提红人队和芝加哥白袜队都怕了。"

"你仔细看，等我回来告诉我。"

"你说咱们是不是该买一张尾号85的彩票？明天就是第八十五天了。"

"可以买，"小伙子说，"可你不是创过八十七天的好纪录吗？"

"不可能有第二次了。你能找到一张尾号85的吗？"

"我可以预订一张。"

"一整张。那得要两块五美元。咱们找谁借呢？"

"很容易。我总能借到两块五的。"

"我想我大概也能借到。不过我尽量不借钱。先借钱，后讨饭。"

---

①纽约市职业棒球队，曾多次赢得世界职业棒球锦标赛冠军，位居各队之首。

②迪马乔(Joe DiMarggio,1914—1999)，美国职业棒球运动员，出色的击球手和棒球史上最著名中外场手之一，可称为1940年代最佳全能棒球运动员。

"注意保暖，老爷子，"小伙子说，"别忘了现在是九月。"

"这是来大鱼的月份，"老人说，"五月里谁都能当渔夫。"

"我现在捞沙丁鱼去。"小伙子说。

小伙子回来时，老人正坐在椅子上熟睡，太阳已落山了。小伙子从床上拿起旧军毯，抻开后搭在椅背上，裹住老人的肩头。老人的肩膀可不一般，虽衰老却仍有力量。他的脖子也依然强健，他垂头熟睡时，脖子上的深褶就不那么明显了。他的衬衫已补过多次，像他的船帆一样，那些补丁久经日晒已褪成深浅不一的颜色。老人的头部呈现出衰老的模样，他眼睛紧闭，脸上没有一丝活力。那份报纸平铺在他的膝盖上，有胳膊压着，没被晚风吹走。他光着脚。

小伙子让他继续睡，自己走开了。他回来时老人仍在睡觉。

"醒醒吧，老爷子。"小伙子说着把手放在老人的膝头。

老人睁开了眼睛，有一瞬间仿佛刚从遥远的地方回来。随后他露出了笑容。

"你带什么来了？"他问。

"晚饭，"小伙子说，"咱们要吃晚饭了。"

"我不太饿。"

"来,吃吧。你不能只捕鱼不吃饭呀。"

"我就那么干过。"老人说着站起来,叠上报纸。然后他开始叠毯子。

"你还是披着毯子吧,"小伙子说,"只要我活着,就不能让你空着肚子去捕鱼。"

"那你就活长点,照顾好自己吧,"老人说,"咱们吃什么?"

"黑豆和米饭、炸香蕉,还有炖菜。"

这些饭食是小伙子从露台饭店拿来的,盛在双层金属饭盒里。两份刀叉勺各用餐巾纸包着,装在他的口袋里。

"这是谁给你的?"

"马丁,饭店老板。"

"我得谢谢他。"

"我已经谢过了,"小伙子说,"你不用再谢了。"

"我要送给他一条大鱼的鱼肚子肉,"老人说,"他这样照顾我们不止一次了吧?"

"是啊。"

"那除了鱼肚子肉,我还要多给他些东西。他为我们想得可真周到。"

"他让我捎来两瓶啤酒。"

"我最喜欢罐装啤酒。"

"我知道。可这次是瓶装的。阿图埃伊牌啤酒①,我得把瓶子退回去。"

"真谢谢你,"老人说,"咱们吃吗?"

"我一直叫你吃,"小伙子轻声告诉他,"你没准备好,我就不想打开饭盒。"

"我现在准备好了,"老人说,"刚才我只是需要点时间洗一洗。"

你去哪儿洗的?村子里的供水点在大路那头,有两条街那么远。我一定要给他打水来,小伙子想,还要拿肥皂和一条好毛巾。我怎么那么粗心呢?我一定要给他弄来一件衬衫和一件过冬的外套,再弄一双鞋,什么样的都行,还有一条毯子。

"你这炖菜好吃极了。"老人说。

"给我讲讲棒球吧。"小伙子请求他。

"在美国棒球联盟②里,扬基队最棒,我说过的。"老人快乐地说。

---

①以 16 世纪古巴第一位民族英雄、抗击西班牙殖民者的印第安部落酋长阿图埃伊的名字命名。

①美国两大职业棒球联合会之一,成立于 1894 年,拥有多支棒球队,获胜队可以在"世界系列赛"中与"全国棒球联盟"的获胜队进行比赛。

"他们今天输了。"小伙子告诉他。

"那没什么。大球星迪马乔又恢复了元气。"

"他们队还有别的球员嘛。"

"那自然。可是有他就不一样了。另一个联盟①里，布鲁克林队对阵费城队，我一定支持布鲁克林队。可是我又想起了迪克·西斯勒②和他在老公园里击的那些好球。"

"从来没有过那么好的球。他击出了我见过的最远的球。"

"你还记得那时他常来露台饭店吗？我当时很想带他去捕鱼，可是我太胆小，不好意思请他。后来我叫你去请，你也太胆小。"

"我知道。那是个大错误。他很可能跟我们去的。那样的话，我们一辈子都会记着啦。"

"我愿意带大球星迪马乔去捕鱼，"老人说，"听说他父亲是渔民。也许以前他和我们一样穷，他会理解我们的。"

---

①指美国的全国棒球联盟，成立于1876年。

②迪克·西斯勒(Dick Sisler，全名 Richard Allan Sisler，1920—1998)，美国职业棒球大联盟知名球员，后来成为教练、经理。曾在费城队的主场地希贝公园打球。其父乔治·西斯勒(George Harold Sisler，1893—1973)是美国职业棒球大联盟的著名球员。

"大球星西斯勒的父亲从来没受过穷，而且他，我指他父亲，在我这个年纪已经在大联盟里打球了。"

"在你这个年纪，我已经在开往非洲的横帆船上当普通水手了。我晚上看见过狮子下海滩。"

"我知道。你告诉过我。"

"咱们是讲非洲呢，还是谈棒球？"

"我想谈棒球，"小伙子说，"给我讲讲约翰·J.麦格劳①吧。"他把 J 读成了 Jota②。

"以前他有时也来露台饭店。可是他很粗暴，说话刻薄，喝酒时很难对付。除了关心棒球，他还关心赛马。至少他口袋里总装着赛马名单，常在电话里提到马的名字。"

"他是个很棒的经理，"小伙子说，"我爸爸认为他是最棒的。"

"因为他来这儿的次数最多，"老人说，"如果多罗彻③还是每年都来这儿，你爸爸会认为他是最棒的经理。"

"到底谁是最棒的经理，是卢克④，还是迈克·冈萨

---

①约翰·J.麦格劳(John Joseph McGraw, 1873—1934)，美国职业棒球大联盟的著名球员，后来成为经理。

②J 是 Joseph 的首字母，西班牙语发音为 Jota(音为"何塔")。

③多罗彻(Leo Ernest Durocher, 1905—1991)，美国职业棒球大联盟的著名球员，后来成为经理。

④卢克(Adolfo Luque, 1890—1957)，古巴职业棒球明星，后任经理。也曾在美国职业棒球大联盟任球员。

16

雷斯①?"

"我认为他们俩一样棒。"

"而最棒的渔夫是你。"

"不是我。我知道有些渔夫比我强。"

"Qué va②,"小伙子说,"好渔夫很多，有些也很棒。可你是独一份儿的。"

"谢谢你。你这话真让我高兴。我希望不会来一条很大的鱼证明我们错了。"

"如果你还像你说的那样壮，就不会有那样的鱼。"

"我可能不像我想的那么壮，"老人说，"可是我知道很多捕鱼的诀窍，我还有决心。"

"你现在该睡觉了，这样明天早晨精神才会好。我把这些东西送回露台饭店去。"

"好，晚安。早晨我会去叫你起床的。"

"你就是我的闹钟。"小伙子说。

"年龄是我的闹钟，"老人说，"老年人为什么醒得那么早呢？是不是为了把白天过得长一点？"

"不知道，"小伙子说，"我只知道年轻小伙子睡得

---

①迈克·冈萨雷斯(Mike Gonzalez，全名 Miguel Angel González Cordero，1890—1977)，古巴职业棒球明星，后任经理。曾在美国棒球大联盟任球员、教练。

②Qué va，西班牙语，此处意为"不可能"。

晚,睡得香。"

"这我记得,"老人说。"我到时候会去叫醒你的。"

"我不愿意让他叫我。好像我很差劲似的。"

"我知道。"

"睡个好觉,老爷子。"

小伙子出去了。刚才他们吃饭时桌上没点灯,老人就摸着黑脱掉长裤,上了床。他把长裤卷起来,把那份报纸塞进去,做成枕头。他翻了个身,把毯子裹到身上,躺在盖着床弹簧的旧报纸上睡觉了。

他很快就睡着了,他梦见了青年时代看到的非洲景象:绵延的金黄沙滩、白得刺眼的白沙滩、高耸的海岬、高大的褐色山脉。现在,他每天夜里都生活在那一带,在梦里听见激浪的呼啸,看见土著人的小船破浪前行。他睡觉时闻见了横帆船甲板上沥青和麻絮的气味,闻见了清晨陆风带来的非洲气息。

平时,他一闻到陆风味就会醒来,穿上衣服去叫醒那小伙子。可是今夜陆风味来得很早,他在梦里也知道时间尚早,于是继续做梦,去看群岛上那些矗立于海上的白色山峰。随后他梦见了加那利群岛①上那些迥异的

---

①非洲西北海岸外的大西洋群岛。

18

港口和锚地。

他不再梦见风暴，或女人，或重大事件，或特大的鱼，或争斗和角力，也不再梦见他的妻子。他现在只梦见一些地点，还有海滩上的狮子。那些狮子在暮色中像小猫一样嬉戏，他爱它们，就像爱这个小伙子。他从来没梦见过这个小伙子。他只是醒来，透过敞开的屋门看看月亮，然后抻开卷着的长裤穿上。他在棚屋外撒尿，然后走上大路，去叫醒小伙子。他在清晨的凉风中发抖。但是他知道，抖过之后身上会变暖，自己很快就要划船了。

小伙子家的房门没有上锁，他推开门，光着脚悄悄地走进去。小伙子在第一间屋里，躺在一张行军床上熟睡；借助透进屋来的渐淡的月光，老人能清楚地看见他。老人轻轻握住小伙子的一只脚，直到小伙子醒来转头看他。老人点点头，小伙子便拿起床边椅子上的长裤，坐在床上穿起来。

老人走出房门，小伙子紧跟着他。小伙子还是困，老人搂着他的肩膀说："对不起。"

"Qué va①,"小伙子说，"男子汉必须这样做。"

_____

①Qué va，西班牙语，此处意为"没关系"。

他们沿着大路走向老人的棚屋，黑暗之中，一路上都有赤脚男人扛着各自渔船的桅杆在走动。

他们两人来到老人的棚屋时，小伙子拿起装在篮子里的几卷渔线，还有鱼叉、手钩，老人扛起卷着船帆的桅杆。

"你想喝咖啡吗？"小伙子问。

"咱们先把这些渔具放进船里，然后喝点儿。"

他们在一个清早为渔民服务的小店里，用盛炼乳的罐头盒喝咖啡。

"你睡得怎么样，老爷子？"小伙子问，小伙子现在逐渐清醒，尽管仍难以完全驱散睡意。

"睡得很好，马诺林，"老人说。"今天我觉得很有信心。"

"我也有信心，"小伙子说，"现在我得去拿你的沙丁鱼，还有你的新鲜饵料鱼。他一向自己搬渔具。他从来不让别人搬任何东西。"

"咱们不一样，"老人说，"你才五岁我就让你搬东西了。"

"我知道，"小伙子说，"我马上就回来。你再喝杯咖啡吧。我们在这儿能赊账。"

他光着脚踏着珊瑚岩走向存放鱼饵的冷库。

老人慢慢地喝着咖啡。他一整天就喝这么一次，他知道应该再喝点。很久以来他一直厌食，从不带午饭。他在船头放了一瓶水，这就是他白天所需要的饮水。

小伙子回来了，带来了沙丁鱼和用报纸裹着的两条饵料鱼。他们沿着小路往下走向小帆船，能感觉出脚下沙滩上的鹅卵石。他们抬起小船，把它滑进水里。

"祝你好运，老爷子。"

"祝你好运。"老人说。他把船桨的绳圈套在桨栓上，开始摸着黑划船出港。他身体前倾，以抗衡桨板快速入水而产生的阻力。在海滩其他地方上也有小船出海，尽管月亮已落山，老人看不见那些船，但他能听见它们的桨板入水和推进的声音。

有时个别渔船会有人说话。但大多数渔船是静寂的，只有桨板的入水声。那些小船驶出港口后便四散而去，各自驶向希望找到鱼的海域。老人知道他要去远海，划着船离开了陆地的气味，进入凌晨清新的海洋气味之中。他看见水中有湾藻①的闪闪磷光，此时他正把船划过被渔民们称为"大井"的水面。"大井"因此处海水陡然深达七百英寻②而得名，里面聚集了各种各样的鱼，那是海

---

①湾藻(Gulf weed)，即墨西哥湾藻，系马尾藻的别名。
②测量水深的单位，合 6 英尺或 1.8 米。

流冲刷海底的陡峭"井壁"形成的旋涡造成的。这里最深的空洞里有密集的虾和饵料鱼，有时还有成群的枪乌贼。它们会在夜间浮近海面，游荡在那里的鱼都以它们为食。

在黑暗中，老人能感觉到黎明即将来临。他划船时听见飞鱼离水时发出的颤音，以及它们在黑暗中向上飞时僵挺的翅膀发出的嘶嘶声。他很喜欢飞鱼，因为它们是他在海上的主要朋友。他很可怜海鸟，特别是娇小纤弱的黑灰色燕鸥，它们总是在飞，在觅食，可是几乎一无所获。他想，除了掠食鸟和壮实的鸟以外，一般海鸟比自己生活得还要艰难。在大海那么残酷的时候，他们为什么把海鸟造得像那些海燕一样纤弱精巧呢？大海很慷慨，也很美丽。但是她竟会如此残酷，而且来势如此突然。这类边飞边点水觅食并低声哀鸣的海鸟被造得过于纤弱，根本无法对付大海。

他总把海洋想成 la mar①，这是人们爱海时对她的西班牙语称呼。有时那些爱海的人也说她的坏话，但这些话似乎总把她说成女性。有些较年轻的渔夫，就是那些用浮标作渔线上的鱼漂，并靠卖鲨鱼肝赚大钱买了汽船

---

①la，西班牙语，表示阴性的定冠词。mar，西班牙语，意为"海洋"。此句的含义是：他总把大海想成女性。

的人,总把海洋说成 el mar②,这是表示男性的称呼。他们把海洋说成一个竞争者,或一个去处,甚至说成一个敌人。可是这位老人却总把海洋想成女性,想成某种施予莫大恩惠或拒绝施予莫大恩惠的力量,如果她做出冲动或邪恶的事,那是因为她无法控制自己。月亮影响着她,正如影响着女人,他想。

他平稳地划着船,毫不费力,因为他很好地控制着船速,而且海面平静,只是偶尔有点海流旋涡。他姑且让海流替他干三分之一的活儿。天开始放亮时,他看到自己已经划出很远, 比先前预计这个钟点应到达的海域要远。

他想,我在几个"深井"忙活了一星期还没有收获。今天我要去有成群鲣鱼和长鳍金枪鱼的远海,也许会有一条大鱼和它们在一起。

天还没有大亮, 他已投下钓饵,并让小船随海流飘荡。第一个鱼饵投到四十英寻深处。第二个鱼饵投到七十五英寻深处,第三、第四个鱼饵分别投到一百英寻和一百二十五英寻深处的蓝色海水里。每个鱼饵都头朝下悬垂着;钓钩柄被饵料鱼包裹,缝扎得很结实;钓钩的突

①el,西班牙语,表示阳性的定冠词。mar,西班牙语,意为"海洋"。

出部分,包括钩弯和钩尖,都被新鲜沙丁鱼覆盖。钓钩穿过每条沙丁鱼的双眼,于是多条沙丁鱼就在突出的钢钩上形成了半个花环状。因此,钓钩没有一处不会让大鱼感觉气味香甜、味道鲜美。

小伙子先前给了他两条新鲜的小金枪鱼,或叫做长鳍金枪鱼,现在这两条鱼像铅坠一样悬在两条沉得最深的渔线上。在另外两根渔线上,他分别用了一条大青鲹和一条黄鲹,都是上次用过的,但依然完好无损,并有优质沙丁鱼给它们增添香味和吸引力。每根渔线都粗似大铅笔,套在青嫩树枝竿上,若鱼饵被拉动或被触碰,树枝竿就会入水。每根渔线都有两卷四十英寻长的备用线,可以系在其他备用线卷上。因此,如果有必要,可以让鱼把渔线拖出三百多英寻。

现在老人观察着从船的一侧向外探出的三根树枝竿是否入水,并且轻轻地划着船,好让渔线保持垂直起落、深度适当。天很亮了,太阳随时都会升起。

太阳在稀薄的空气中露出海面,老人可以看见别的渔船在海流中分散开来,船身低挨水面,离海岸已经不远了。太阳更明亮了,刺眼的光线照到水面上,然后,在太阳升离海面之时,平展的大海把阳光反射进他的眼睛,刺得眼睛生疼,于是他只管划船,不看阳光。

24

他低头看海水，观察那些垂直坠入黝黑水中的渔线。他让渔线保持垂直，比任何人的都要直，这样在幽暗湾流的每个层面都有一个鱼饵，处于他希望的确切深度，等待着游过的鱼。别的渔夫通常让渔线随海流漂移，有时渔线只到了六十英寻深度，他们还以为在一百英寻呢。

可是，他想，我一向让渔线保持在精确的深度。不过我再也没有好运气了。可是谁知道呢？也许就在今天。每天都是新的一天。有运气更好。可是我宁愿做得精确。那么等好运来的时候，你就有准备了。

太阳比两小时前更高，他向东看时已不那么刺眼了。现在他只看见三条船，船体很低，离岸很近。

我这一生中，清早的阳光总是刺痛我的眼睛，他想。可我的眼睛还是很好。傍晚时我可以直视太阳，眼前不发黑。要知道，阳光在傍晚时威力还要大些呢。可是早晨它却刺得我眼疼。

就在这时，他看见一只黑色长翅军舰鸟在他前方的空中盘旋。那鸟斜着身子，凭借向后扇动的翅膀快速下降，然后又盘旋起来。

"它逮着什么东西了，"老人说出声来，"它不只是看看。"

老人缓慢而平稳地把船划向军舰鸟盘旋的水面。他不慌不忙,仍让渔线保持上下垂直移动。可是他稍稍往海流里面划了一点儿,这样他仍是用正确的方法捕鱼,只不过速度比不利用海鸟时要快一些。

军舰鸟在空中飞得更高,再次盘旋,翅膀纹丝不动。随后它突然俯冲下来,老人看见飞鱼冲出水,贴着海面拼命滑翔。

"鲯鳅,"老人叫出声来,"大鲯鳅。"

他收起双桨,从船头下面拿出一根细渔线。渔线上有一段铁丝编的前导线和一个中号钓钩,他往上面装了一条沙丁鱼作鱼饵。他把这根渔线放到船舷外,一端牢牢地系在船艄一个环形螺栓上。随后他给另一根渔线也装上鱼饵,并把这卷渔线留在船头的阴影里。他回去继续划船,并观察那只低掠水面觅食的黑色长翅军舰鸟。

他正观察着,那鸟又一次斜着翅膀俯冲入水,然后疯狂地扇动翅膀去追逐飞鱼,但没有任何成效。老人能看见海面出现轻微凸起,那是大鲯鳅追踪逃跑的飞鱼造成的。这些鲯鳅在飞鱼逃逸的路线之下破水前行,待飞鱼落水时,它们会在那处水中快速出击。这是一大群鲯鳅,他想。它们散布的面很大,飞鱼没有机会了。军舰鸟也没有机会了。对它来说，飞鱼太大，而且游速太快。

他看着飞鱼一次次冲出海面，也看到军舰鸟徒劳地飞来飞去。那群鲯鳅已经离我而去了，他想。它们的速度太快，游得太远了。可是我也许会捕到一条离群的鲯鳅，也许我想捕的大鱼就在那群鲯鳅周围。我的大鱼一定在什么地方。

现在陆地上空的云彩像高耸的大山，海岸只是一条绵长的绿线，后面是灰蓝色的小山。海水已变深蓝，蓝得发紫。他低头往水下看，发现深色海水中有密密麻麻的红色浮游生物，以及太阳的奇异反光。他注视着几根渔线，以确保它们垂直入水不露踪影。他很高兴看见那么多浮游生物，因为那意味着有鱼。现在太阳升得更高了，它在水中的奇异反光意味着好天气，陆地上空云彩的形状也意味着好天气。可是那只军舰鸟现在几乎淡出了视野，海面上也没出现什么，只有几大片被太阳晒褪色的黄马尾藻，还有一只葡萄牙军舰水母①的形状标准、色彩变幻的紫色胶质浮囊，漂浮在小船近旁。那水母歪向一边，又扳正了。它像一个气泡，在水中快乐地漂浮，身后

————————————
① 僧帽水母的俗称。

拖着一些有致命毒性的紫色触手,足有一码①长。

"Agua mala,②"老人说,"你这婊子。"

他轻轻地荡桨,并朝水里看,看见许多很小的鱼,颜色与水母拖在水中的紫触手相似。小鱼游荡在那些触手之间,游荡在那个漂浮的气泡投下的小阴影里。它们对这种气泡的毒性有免疫力,然而人却没有。老人拉鱼时,会有一些水母触手缠在渔线上,又黏又紫,老人的胳膊和手上就会出现多处红肿和溃烂,与毒常春藤和毒栎引起的症状差不多。可是 agua mala 的中毒现象来得很快,就像被鞭子抽了似的。

那些色彩变幻的气泡非常漂亮。但它们是海洋里最虚假的东西,所以老人乐于看见大海龟吃它们。大海龟见到它们,便从正面接近,然后闭上眼睛,把自己完全保护起来,再把它们连同触手统统吃掉。老人喜欢看海龟吃它们,喜欢在暴风雨后的沙滩上踩它们,喜欢听它们被他的粗糙脚掌踩爆时的"啪啪"声。

他喜欢绿海龟和鹰嘴龟③,因为它们优雅、游速快、很值钱。他并无恶意地蔑视又大又蠢的桩头龟④,它们长

---

①长度单位,等于 3 英尺或 0.9144 米。
②Agua mala,西班牙语,意为"坏水",是古巴人对葡萄牙军舰水母的俗称。
③玳瑁的俗名。
④蠵龟的俗称,又译作"红海龟"。

着黄色背甲,交配方式奇特,总是闭着眼睛快乐地吞食葡萄牙军舰水母。

他对海龟没有神秘的想法,尽管他曾跟随捕龟船出海多年。他可怜所有的海龟,甚至可怜那些像小船一样长并重达一吨的巨大棱皮龟。多数人对海龟没有同情心,因为海龟被开膛切割后心脏还要跳动几个小时。可是老人想,我也有一颗这样的心脏,而且我的手脚和海龟的很相像。他吃白色的海龟蛋来增强体力。整个五月,他天天吃海龟蛋,为的是到九、十月份身体强健,好去捕特大的鱼。

他每天还喝一杯鲨肝油。那油装在一个大桶里,放在许多渔夫储存渔具的棚屋里,渔夫们想喝的都可以喝。多数渔夫讨厌那种油的味道。可是喝鲨肝油并不比凌晨早起难受。再说,鲨肝油有助于预防伤风和流行性感冒,对眼睛也有好处。

老人抬起头来,看见那只军舰鸟又在盘旋。

"它找到鱼了。"他说出声来。水面上并没有飞鱼冲出,也没有饵料鱼逃散。可是就在老人观察的时候,一条小金枪鱼跳上空中,转过身,又头朝下落进水里。小金枪鱼在阳光下泛着银光,它落回水中后,又有一条条金枪鱼蹿了出来。它们跃向四方,搅动着海水,一跳很远去追逐饵料鱼,包围并驱赶饵料鱼群。

如果金枪鱼游得不太快,我要插到它们中间去,老人想。他看着那群金枪鱼把海水搅得翻白浪,看着那只军舰鸟飞下来冲进惊惶得浮出水面的饵料鱼群。

"这只鸟帮了大忙。"老人说。正在这时,他先前套在脚下的那根垂在船艄外的渔线拉紧了。他放下桨,牢牢地抓住渔线,开始往船边拉,他感觉小金枪鱼那颤动的拉力很有分量。他越拉,金枪鱼颤动得越厉害,他已看见水中的蓝色鱼脊以及鱼侧腹的金颜色了,然后他猛地一拉,把鱼从船边甩进船里。那条鱼躺在船艄的阳光处,个头不大但很结实,形状像子弹。它瞪着无知的大眼睛,抖着小巧而敏捷的尾巴,一下又一下快速撞击船板,直到失去活力。老人出于善意击打它的头部,并把它踢到船艄的背阴处,鱼身仍在颤动。

"长鳍金枪鱼,"他说,"可以当个好鱼饵。有十磅重呢。"

他不记得自己是从什么时候开始在独自一人时出声说话的。过去他独处时总是唱歌,有时在很小的渔船或捕龟船上独自值班掌舵,他也唱歌。大概是从那小伙子离开之后,他才开始在独处时自言自语的。可是他记不起来了。和小伙子一起捕鱼时,他俩一般只在必要时说话。他们在夜间或在暴风雨天被困时才交谈。人们认为在海上不说无必要的话是一种美德，老人一向认同并尊重这个观点。可是现在他多次大声说出自己的想法，因为周围没有人，说出来不会惹人烦。

"如果别人听见我大声自言自语，会以为我疯了，"他说出声来。"可是我没疯，我不在乎。有钱人的船里有收音机跟他们说话，给他们讲棒球消息。"

现在不是想棒球的时候，他想。现在只应该想一件事，就是我天生该干的这件事。那群金枪鱼周围可能有一条大鱼，他想。我逮着的只不过是正在捕食的长鳍金枪鱼中掉队的一条。可是那群鱼正在远处捕食，而且游得很快。今天海面上出现的一切都移动得非常快，而且都朝着东北方向。难道白天这个时候就应该这样吗？要不然，这是我不了解的某种天气征兆？

他现在看不见海岸的一线绿色了，只看见那些蓝色小山上白似雪峰的山顶和山顶上方高似雪山的云彩。海水颜色很深，阳光照着海水折射出七色彩光。先前那些千斑万点的浮游生物因太阳高照而消隐了，老人只能看见蓝色海水中巨大而深邃的七彩光柱和那几根垂直沉入水中的渔线。此处的海水深达一英里。

水下又来了金枪鱼。渔民们把所有属于那个物种的鱼统称为"金枪鱼"①,只有在卖鱼或与人交换鱼饵时才使用其专有名称。现在太阳炙热,老人划着船就感觉脖颈很热,汗珠顺着后背往下淌。

他想,我本来可以漂流一会儿,睡点觉,给脚趾头套一圈渔线来弄醒自己。但今天是第八十五天,我应该好好地钓一整天鱼。

就在察看渔线时, 他看见探出船外的三根青嫩树枝竿中有一根猛然入水。

"有了,"他说,"有了,"一面收起双桨,没让它们碰到船体。他伸出手够着了渔线,用右手大拇指和食指轻柔地捏着。他既没感到张力,也没感到分量,于是轻轻地捏住渔线。随后渔线又往下一沉。这次是试探性的一拉,既不着实又没有分量,他确切地知道这是怎么回事。在水下一百英寻处,在手工锻造的钓钩从小金枪鱼头部穿出之处, 一条枪鱼②正在吃那些掩蔽着钩尖和钩柄的沙丁鱼。

---

①金枪鱼(tuna),又称鲔鱼、吞拿鱼,鲈形目旗鱼科大型远洋性重要商品食用鱼的统称。见于世界暖水海域。从生物学的分类上讲,广义的金枪鱼是指鱼类中的鲭科、箭鱼科和旗鱼科共计约三十种鱼类。

②枪鱼(marlin),鲈形目旗鱼科几种有长吻的大型海产鱼类的统称。体细长、背鳍长,吻延长呈长标枪状。漂浮于全球海面。肉食性,主要以其他鱼类为食。

老人用左手轻巧地捏住渔线，把它从树枝竿上解下来。现在他能让渔线滑过手指头而不至于让鱼感觉出渔线被绷紧。

他想，在这么远的海里，到了这个月份，这条鱼的个头一定很大。鱼啊，吃沙丁鱼吧。吃吧。请吃吧。它们多新鲜呀，而你却在黑暗中待在六百英尺深的冷水里。你摸黑再转回来吃沙丁鱼吧。

他感觉到轻微的拉力，随后拉力加大了，因为鱼要从钓钩咬下沙丁鱼头肯定更困难。过后又没有动静了。

"来呀，"老人叫出声来，"再往回转。你闻闻那些沙丁鱼。它们多香啊，是吧？趁新鲜吃吧，吃完还有金枪鱼呢。又硬，又凉，又香。鱼啊，别不好意思。把它们吃了吧。"

他用大拇指和食指捏住渔线等待着，同时观察这根渔线和其他几根渔线，因为这条大鱼有可能游上来或游下去。不多会儿，又来了一下同样的轻拉和触碰。

"它会咬饵的，"老人自言自语，"上帝帮忙，让它咬饵吧。"

然而它没咬。它游开了，老人什么都感觉不到了。

"它不可能走，"他说，"基督知道它不可能走。它是在转弯。也许它以前上过钩，现在还记得呢。"

随后他感觉渔线有轻微的触碰，他很高兴。

"它不过是转了个弯，"他说，"它会咬饵的。"

他很高兴感觉到了轻微的拉力，随后又感觉有硬的东西，重得让人难以相信。这是大鱼的分量。他让渔线下滑，下滑，再下滑，把两卷备用渔线中的第一卷全打开了。渔线从他的手指间轻轻下滑时，尽管大拇指和食指的压力几乎难以察觉，老人仍感觉到很重的分量。

"多大的鱼啊，"他说，"现在它嘴里斜叼着钓钩，正带着钓钩游开。"

随后它会转身并吞下钓钩，他想。他没把这想法说出来，因为他知道好事要是说出来就可能实现不了。他知道这是条多么大的鱼，他想象着它嘴里横叼着金枪鱼饵在黑暗中游开的情景。就在那一瞬间，他感觉鱼不游了，可是重量还在。随后重量增加了，他放出了更多的渔线。一刹那间，他加大了拇指和食指的压力，那重量增加了，并垂直往下坠。

"它咬饵了，"他说，"现在我要让它饱餐一顿。"

他让渔线从手指间滑下去，同时伸出左手往下摸，把这两卷备用渔线的活头与另一根渔线的两卷备用渔线的圈套系紧。现在他准备好了。除了正在使用的这卷渔线，他还有三卷各长四十英寻的备用渔线。

"再吃点儿吧，"他说，"好好吃。"

你吃鱼饵吧，这样钩尖就会扎进你的心脏刺死你，他想。你乖乖地上来，让我把鱼叉扎进你的身子。好啦。你准备好了吗？你吃大餐的时间够长了吗？

"嗨！"他大喊，并双手猛拉渔线，拉上来有一码长；随后他使出全部臂力，并借助身体左右摆动的力量，两手轮换着一下又一下猛拉渔线。

没有任何效果。大鱼只是慢慢地游开，老人无法把它多拉上来一英寸。老人的渔线很结实，是专为捕分量重的鱼而编织的。他把渔线套在背上用力拉，渔线绷得那么紧，上面的水珠一串串蹦落下来。随后渔线在水中发出缓慢的嘶嘶声，他仍然拉着它，身体顶着横座板，往后仰身以抗衡鱼的坠力。小船开始缓慢地向西北方向漂去。

大鱼平稳地游着，老人和鱼在平静的海面缓慢移动。其余的鱼饵仍在水中，但无需照料。

"我要是有那孩子帮忙就好了，"老人说，"我现在正被一条鱼拖着走，成了拖船上的系缆柱。我本来可以把渔线系牢的。可是那样的话大鱼就会挣断渔线。我必须尽一切力量牵制住它，它需要多少渔线就给它多少。感谢上帝,它是在往前游,而不是往下游。"

如果它决定往下游,我该怎么办?我不知道。如果它直着往深处游并死去,我该怎么办?我不知道。可是我得干点什么。有很多事我可以做。

他把渔线套在背上,看着它斜在水中,看着自己的小船平稳地向西北方向移动。

这样会杀了它的,老人想。它不能永远这么干。可是四小时以后,那条鱼仍在平稳地游向远方,仍拖着小船,老人仍背着渔线硬撑着。

"我是中午钩着它的,"他说,"我还没见过它呢。"

他在钩上鱼之前曾把头上的草帽拉得很低,现在草帽刮蹭着他的前额。他还觉得口渴,于是小心翼翼地跪下,避免拉动渔线,尽可能往船头挪动,并伸出一只手去拿水瓶。他拧开水瓶,喝了一点水。然后他靠着船头休息。他坐在卸下的桅杆和船帆上,尽量不去思考,只是坚持着。

后来他看看身后,发现已看不见陆地了。这没什么,他想。我总能借着哈瓦那的灯光回港的。太阳还有两个小时才下山,也许大鱼在这之前会游上来。如果游不上来,也许会在月亮升起时游上来。如果它还上不来,也许会在日出时游上来。我没抽筋,感觉依然很有劲。倒是大鱼嘴里卡着钓钩。可是，能这样拖船的鱼该有多大呀。它一定是紧闭着嘴咬着铁丝前导线。我多想看看它。我希望能看见它一次，好知道我的对手是什么样的。

老人通过观察星星判断，大鱼一整夜没有改变航道，也没有变换方向。日落之后天气很凉，老人的后背、胳膊和衰老的腿上汗水干了，冷飕飕的。白天他已把盖鱼饵盒的麻袋铺在阳光下晾晒。日落之后他把麻袋系在脖子上，让它垂到后背。他小心翼翼地把麻袋往下抻到横跨双肩的渔线下面。麻袋减缓了渔线的摩擦，他先前又找到了俯靠船头歇息的办法，这样一来，他就差不多舒服了。实际上这个位置仅仅是不那么难受罢了，但是他认为差不多舒服了。

我拿这条鱼没办法，它也拿我没办法，他想。只要它坚持下去，谁都动不了谁。

有一次他站起来，往船舷外撒尿并观察星星，还察看小船的航道。渔线从他肩上直入水中，像一道磷光。现在老人和鱼都移动得更慢了，哈瓦那的灯光已不那么强了，因此他知道海流一定是把他们带往偏东方向。如果我看不见哈瓦那的刺眼亮光，那我们一定是往更偏东的方向漂流，他想。因为如果大鱼还走自己的航道的话，我一定好几个钟头都能看见那亮光。不知道今天大联盟棒球赛的结果怎么样,他想。干这活儿要是有收音机就太棒了。随后他又想,你怎么总想这事。想想你在干什么吧。你可千万别干傻事。

然后他大声说:"那孩子要是在就好了。他可以给我帮忙,也能亲眼见识一下。"

人老了不应该一个人生活,他想。可是没法儿避免。我必须记着吃那条金枪鱼,别等它变坏,为的是保持体力。要记住,不管你多不想吃,早晨也必须吃掉。要记住,他对自己说。

夜里有两只鼠海豚来到小船周围,他能听见它们翻滚和喷水的声音。他能分辨出雄性的喧闹喷水声和雌性的叹息式喷水声。

"它们真好,"他说,"它们玩耍,逗趣,相亲相爱。它们像飞鱼一样,是我们的兄弟。"

然后他开始可怜钩上的大鱼了。它很神奇,很古怪,谁知道它几岁了,他想。我从来没遇见过这么壮实的鱼,也没遇见过行为这么古怪的鱼。也许它太聪明了才不跳起来。它本来可以跳起来,或疯狂地往前冲,把我毁掉的。但是它以前大概被钩上过很多次,知道应该怎样斗。不过它不可能知道跟它斗的只有一个人,也不可能知道这个人是个老头儿。但它是条多大的鱼啊,如果鱼肉鲜美,上市会赚来多少钱啊。它吞鱼饵像雄鱼,拉渔线像雄鱼,在斗争中毫不恐慌。我不知道它是有所打算,还是像我一样只顾拼命。

他记得有一次钩住了一对枪鱼中的一条。雄鱼总是让雌鱼先吃食;上钩的那条鱼,也就是雌鱼,疯狂地、慌乱地拼命挣扎,很快就筋疲力尽了。整个过程中雄鱼一直和雌鱼在一起,在渔线上下穿来穿去,和雌鱼一起在水面上绕圈子。雄鱼离得如此之近,老人担心它会用尾巴切断渔线,因为它的尾巴像长柄大镰刀①一样锋利,大小和形状也差不多。老人用手钩把雌鱼钩上来,抓住它那带有砂纸状边缘的细长的吻,用木棒打它的头,直到它身上的颜色变成类似镜子背衬的银白色,然后在那小伙子的帮助下把它弄进船里。整个过程中雄鱼一直待在船边。就在老人清理渔线并准备鱼叉时,雄鱼从船边高高跳入空中,看了看雌鱼在哪里,然后潜入海水深处;它的淡紫色翅膀,也就是胸鳍,张得很开,身上所有的淡紫色条纹都显露出来。那雄鱼真漂亮,老人回忆道,它一直陪着雌鱼。

这是我所见过的关于枪鱼的最伤心的事,老人想。

---

①农具,其柄长约170厘米,刀片长约60至90厘米,用于割草和收割庄稼。

小伙子也很伤心，我们两人请求雌鱼原谅，立刻把它杀了。

"那孩子要是在就好了。"他一边自言自语，一边俯身靠上船头的弧形木板。他感受到了大鱼的力量，因为他感觉肩上的渔线正朝着大鱼选择的方向持续移动。

我先前使了诡计，因此它有必要作出选择，老人想。

它的选择一直是待在远海的幽暗深水里，远离一切骗局、陷阱和诡计。我的选择是去那里找它，去那个没人到过的水域。世界上没人到过的水域。现在我们两个被拴在了一起，从中午就开始了。没人能帮它，也没人能帮我。

也许我本不该当渔夫，他想。可那是我天生该干的事。我一定要记得天亮后吃金枪鱼。

天亮前的某个时辰，不知是什么咬了他身后的一个钓饵。他听见树枝竿的断裂声和渔线快速滑往舷缘外的声音。他在黑暗中拔出鞘中的刀，用左肩扛住大鱼的全部拉力，身子往后仰，切断了这根绷在木质船舷上的渔线。然后他又切断了另一根离他最近的渔线，摸着黑把这两卷备用渔线的活头拴紧。他用一只手干得很熟练，在抽紧活头结时用一只脚踩住这两卷线。现在他有六卷备用渔线了。刚才他切掉鱼饵的两根渔线各有两卷线，被大鱼咬饵的那根渔线也有两卷线，这六卷渔线都接在了一起。

他想，天亮以后，我要回去处理那个沉到四十英寻处的鱼饵，把它也切掉，把备用渔线全都连接起来。我会损失两百英寻长的加泰罗尼亚优质 cordel①以及几个钓钩和前导线。但这些都可以换新的。可是如果我再钓上一条鱼，让它切断了渔线，放跑了大鱼，谁来弥补这个损失？我不知道刚才咬饵的是什么鱼。有可能是枪鱼，或者阔吻鱼②，或者鲨鱼。我没感觉出来。我只得匆忙抛弃它。

他说出声来："我要是有那孩子帮忙就好了。"

可是你没有那孩子帮忙，他想。你只有自己，你还是回去处理最后一根渔线吧，不管天黑不黑，都要把它切掉，并把那两卷备用渔线也拴在一起。

于是他这样做了。在黑暗中干这活儿很困难，有一次大鱼突然往前蹿，把他拽趴下了，眼睛底下被划破了。鲜血流到他的脸颊上。可是血还没流到下巴就凝固变干了。他费力地回到船头，靠着木板休息。他调整了披着的麻袋，小心翼翼地挪动身上背着的那根渔线，让它横跨在双肩上的新位置。他用双肩扛住渔线，细心感觉大鱼

---

①cordel，西班牙语，意为"绳索、渔线"。加泰罗尼亚，西班牙东北部一自治区。
②剑鱼的俗称。

的拉力,又把一只手放进水里去感觉小船的行进速度。

我不明白大鱼刚才为什么突然往前蹿,他想。一定是铁丝前导线滑到了它那山丘似的脊背上。它的脊背肯定不会像我的后背那么难受。可是,不管它力气多大,也不能永远拽着船走。现在一切可能引起麻烦的东西都清理掉了,而且我有充足的备用渔线——一个人能要求的条件都有了。

"鱼啊,"他轻轻地说,"我誓死陪着你。"

我猜它也会陪我到底的,老人想。他在等天放亮。天亮之前这段时间很冷,他紧紧靠着船头的木板保暖。只要它能奉陪到底,我也能奉陪到底,他想。在第一线曙光之中,渔线向外延伸并进入水下。小船平稳地漂移,太阳刚露出一个边时,光线照到老人的右肩。

"它朝北游了。"老人说。海流会把我们冲向很偏东的方向,他想。但愿大鱼会随着海流转弯。那就表明它累了。

太阳升得更高时,老人意识到大鱼并不累。只有一个迹象对自己有利——渔线倾斜的程度表明,大鱼游得不那么深了。这倒不一定意味着它会跳出来。但有可能。

"上帝啊,让它跳吧,"老人说,"我有足够的渔线对付它。"

我要是把渔线绷紧一点儿，就会伤着它，也许它就会跳出来，他想。既然天已经亮了，就让它跳吧，那它就会把脊骨旁的气囊①充满空气，就不会游下深海去死了。

　　他试图增加拉力，但自从他钩住大鱼时起，渔线一直绷得很紧，已到了断裂的边缘。他身体往后靠准备拽渔线时，感觉渔线硬邦邦的，他知道不能再加压了。我绝不能动渔线，他想。每动一下都会加大钓钩给鱼造成的伤口，它真跳起来的时候有可能甩掉钓钩。不管怎么说，太阳出来我好受点了，这一次我可用不着直看太阳了。

　　渔线上粘有黄色海藻，但老人知道那不过是给大鱼增添了累赘，因此感到高兴。正是这种黄色湾藻在夜里闪现出那么多磷光。

　　"鱼啊，"他说，"我很爱你，也很尊敬你。可是不等天黑我就要杀死你。"

　　但愿如此吧，他想。

　　一只小鸟从北边朝小船飞来。它是一只莺，在水面上飞得很低。老人能看出来，它很累了。

　　小鸟飞到船艄，停在那里。然后绕着老人的头飞，落在那根渔线上，那里更舒服些。

---

　　①气囊，指鱼的气鳔。

"你多大了？"老人问小鸟，"是第一次旅行吗？"

他说话时，小鸟看着他。小鸟太累了，甚至没仔细看渔线，它用两只纤细的爪子紧紧抓住渔线，摇摇晃晃地站在上面。

"渔线很稳当，"老人告诉它，"稳当极了。一夜没刮风，你不该这么累呀。鸟儿会遇见什么坏事啊？"

因为老鹰，他想，那些到海上来堵它们的老鹰。可这话他没对小鸟说。反正它也听不懂，而且它很快就要领教老鹰的厉害了。

"好好歇歇吧，小鸟，"他说，"然后上阵去碰运气吧，像人、鸟或鱼一样碰运气。"

谈话使他有了精神，因为他的后背在夜间变得僵硬，现在疼得要命。

"小鸟，你要是愿意就待在我家吧，"他说，"很抱歉，我不能升起帆，借着刮起来的小风带你回岸。可是我总算有了个朋友。"

就在那时，大鱼突然往前一蹿，把老人拽倒在船头；要是老人没顶住，没放出一段渔线的话，鱼会把他拽出船外的。

渔线突然一动时，那只小鸟已经飞上了天，老人甚至没看见它飞走。他用右手小心地摸着渔线，注意到手在流血。

"这鱼被什么弄伤了，"他说出声来，并往回拉渔线，看看能否让鱼转身。可是他拉到渔线快断的程度就稳住不动了，身子往后倾以抗衡渔线的张力。

"鱼啊，你现在感觉疼了，"他说，"上帝知道，我也感觉疼了。"

他四处张望，寻找那只小鸟，因为他喜欢有它做伴。小鸟已没了踪影。

你在这儿没待多久啊，老人想。可是你去的地方风浪更大，要飞到岸上才安全。我怎么会让大鱼猛拉一下伤了手呢？我一定是越来越笨了。也许刚才我看小鸟，光想着它了。现在我要专心干活儿，过后我必须吃金枪鱼，这样就不会没劲儿了。

"要是那孩子在这儿，我再有点儿盐就好了。"他说。

他把渔线的压力转移到左肩，小心地蹲下，把手放进海水里洗，泡了有一分多钟，一面看着手上的血被渐渐冲走，看着船移动时海水持续冲刷手的情景。

"大鱼已经慢了不少。"他说。

老人本想在咸海水里多泡会儿手，可是他怕大鱼再次突然蹿动。他站起来，绷紧身子，抬起右手遮太阳。他的伤口只不过是渔线造成的磨伤，但伤的地方正是手上常用的部位。他知道,在搏斗结束前,他需要使用两只手,所以他不喜欢没开始干活就先伤了手。

手晒干后,他说:"现在,我必须吃那条小金枪鱼,我可以用手钩把它取过来,在这儿舒舒服服地吃。"

他跪下, 用手钩叉到船艄下面的小金枪鱼, 小心地往身边拉,避免碰到成卷的渔线。他又用左肩扛住渔线,一面用左手和左胳膊支撑, 一面把鱼从钩尖上取下来,再把手钩放回原处。他用一个膝盖压住鱼,纵向切割,把深红色的鱼肉从头后到尾巴切成条。鱼条的断面是楔形的,他再从脊骨旁边切到腹部边缘。他切下六条,平铺在船头的木板上,又在裤子上擦了擦刀,然后提起这条鲣鱼①的尾鳍,把残骸扔出船外。

"我吃不了整条。"他说,并用刀横切了一块鱼条。他能感觉到那根渔线上持续加大的拉力,可是这时他的左手抽筋了。左手握着沉重的渔线越抽越紧,他厌恶地看着它。

"这是什么手啊,"他说,"你想抽筋就抽吧,你抽成爪子吧。这对你没好处。"

来吧, 他想, 并低头看看幽暗的海水中渔线的倾斜

---

①鲣鱼(bonito),指前文中提到的"小金枪鱼"。鲣鱼是广义的"金枪鱼"中的一种。

度。现在吃鱼吧，它会让手有劲儿的。抽筋不是手的过错，你已经守了大鱼几个钟头。但你能永远奉陪下去。现在吃鱼吧。

他拿起一块鱼肉，放进嘴里，慢慢咀嚼。鱼并不难吃。

要细嚼，他想，要把所有的汁都吸出来。要是能蘸点儿酸橙、柠檬或者盐吃就更不错了。

"手啊，你感觉怎么样？"他问抽筋的左手，那手几乎像僵尸般僵挺。"我要为你再吃点。"

他又吃刚才切开的鱼条的另一半。他细细地嚼，吐掉鱼皮。

"手啊，你怎么样了？也许还太早，还不知道？"

他又吃了一整块，嚼得很烂。

"这是一条强壮凶猛的鱼，"他想，"我很幸运，捉到的是它，而不是鲯鳅。鲯鳅的肉太甜。这条鱼一点儿都不甜，但仍然很有劲。"

要注重实用，别的都没有意义，他想。要是有点盐就好了。不知道阳光会把剩下的鱼肉晒烂还是晒干，所以我就是不饿也得把整条鱼吃了。那条大鱼很平静，很稳定。我要吃掉整条金枪鱼，然后就准备好了。

"手啊，你要耐心，"他说，"我这样做是为了你。"

我真希望能喂喂那条大鱼，他想。它是我的兄弟。可是我必须杀掉它,必须为杀它而保存体力。他慢慢地、认真地吃掉了所有的楔形鱼条。

他挺直身子,在裤子上擦了擦手。

"好啦,"他说,"手啊,你现在可以松开渔线了,我要单用右胳膊去对付大鱼,直到你不再胡闹为止。"他用左脚踩住原先左手拉着的沉甸甸的渔线,身子往后躺,抵住背部承受的拉力。

"上帝帮我止住抽筋吧,"他说,"因为我不知道大鱼要干什么。"

可是它看起来很平静,他想,好像在按计划行动。可是它的计划是什么呢,他想。我的计划是什么呢?我必须随时根据它的计划来制订我的计划,因为它的个头太大。如果它跳起来,我可以杀了它。可是它总待在水下。那我就一直陪着它。

他在裤子上蹭那只抽筋的手,试图让手指头变软。可是手仍张不开。也许太阳晒晒它就会张开,他想。也许在我消化了那硬实的生金枪鱼肉以后它就会张开。如果我非得用它,我会把它掰开,不管付出什么代价。可是现在我不想强掰它。就让它自动张开,自愿恢复原状吧。要知道昨天夜里我割断和解开那几根渔线时,用它用得太狠了。

他向大海眺望，知道自己现在是多么孤单。但他能看见黝深海水中折射出的彩虹七色，能看见向前伸拉的渔线，也能看见平静海面上的奇异涌动。现在云彩正在累积，预示着信风①将要刮起。他往前看，看见一群野鸭在水面低飞，在天空的映衬下它们的轮廓时而清晰，时而模糊，时而又清晰起来，因此他明白在海上谁都不孤单。

　　他想起有些人如何害怕在小船里见不到陆地，并知道他们正好处于坏天气突发的月份。可现在他们正处于飓风季节②，其实在不刮飓风的时候，这个季节的天气是全年最好的。

　　要是你在海上，如果有飓风要来，几天前你总能在天空中看到一些迹象。他们在岸上没法儿预见飓风，因为不知道寻找什么样的迹象，他想。陆地上看到的云的形状也一定会有所不同。可是我们现在不会遇上飓风的。

　　他望望天空，看见白色层云像一堆堆诱人的冰激凌，层云之上有一缕缕羽毛状的卷云，衬着九月的高远

---

　　①又称"贸易风"，指从地空副热带高压带吹向赤道低气压带的风。北半球吹的是东北信风，南半球吹的是东南信风。
　　②飓风季节，大约从六月开始延续到十一月底。

天空。

"微 brisa①，"他说，"鱼啊，这天气对我比对你更有利。"

他的左手仍然抽着筋，可是他正在慢慢地缓解它。

我讨厌抽筋，他想。这是你的身体对你的一种背叛。如果你由于食物中毒而泻肚或呕吐，在别人面前是很丢脸的事。可是抽筋（他把它想成 calambre②）却让你自己难堪，特别是你独自一人的时候。

如果那孩子在这儿，他会帮我揉手，从小臂一直往下揉，让手松开，他想。可是这只手会松开的。

随后，他先是通过右手感受到渔线的拉力不一样了，然后才看见水中渔线的倾斜度变了。他身体后仰顶住渔线，并使劲在大腿上拍打左手，这时他看见渔线慢慢地向上倾斜。

"鱼上来啦，"他说，"手啊，上劲吧。请你上劲吧。"

渔线平稳地慢慢上升，随后船前方的海面凸起，大鱼露出来了。它出水的过程没完没了，海水从它的身侧直泻下来。在阳光照耀下，它非常明亮，头部和脊背深紫色，侧腹上的条纹在阳光下显得很宽，呈淡紫色。他那似

---

①Brisa，西班牙语，意为"微风"。
②Calambre，西班牙语，意为"痉挛、抽筋"。

剑的长吻有棒球棒那么长①,边缘逐渐变窄,像一把细长的双刃剑。它全身出水后又扎进水中,动作很流畅,像个跳水运动员。老人看着它那酷似长柄大镰刀刀片的巨大尾巴进入水下,渔线开始快速出水。

"它比我的小船还长两英尺。"老人说。渔线快速但平稳地出水,大鱼并不惊慌。老人力图用双手把渔线控制在断裂力度之内。他知道,如果他不能用持续的压力迫使大鱼慢下来,大鱼就会拉走所有的渔线并拉断。

它是条巨大的鱼,我必须让它信服,他想。我绝不能让它了解它自己的力量,也不能让它知道它如果逃跑能做出什么事来。如果我是它的话,我现在会拼尽全力逃开,直到有什么东西断裂。可是,感谢上帝,鱼不像我们这些杀鱼人那么聪明,尽管它们比我们更高尚,更能干。

老人曾见过很多巨大的鱼。他见过很多一千多磅重的鱼,而且一生中捕到过两条跟这条鱼一般大的鱼,但都不是独自作业。现在他独自一人,看不见陆地,却与这条他所见过的最大的鱼紧紧拴在了一起,这鱼甚至比他

---

①约一米左右,因棒球棒不得长于1.07米。

听说过的鱼还大。他的左手还是抽得很紧，就像抓得很紧的鹰爪。

左手还是会松开的，他想。它肯定会松开，好帮我的右手。有三样东西是兄弟：这条大鱼和我的两只手。左手必须松开。它总抽筋还算什么手呀。大鱼又慢了下来，它正以惯常的速度游动。

我不明白它刚才为什么跳出来，老人想。它跳那么一下，差不多像是向我显示它有多么大。我现在总算知道了，他想。我希望向他显示我是个什么样的人。可是那样的话它就会看见这只抽筋的手了。就让它以为我强悍得多吧，我会成为那样的人的。我真希望自己是这条鱼，他想，具有它的一切能力，对抗的仅仅是我的意志和智力。

他舒服地靠着木船舷，承受着袭来的痛苦。大鱼平稳地游，小船在黝深的水中慢慢移动。风从东边刮来，海上起了波澜。到了中午时分，老人的左手不抽筋了。

"鱼啊，这对你来说是个坏消息。"他说，并挪了挪套在他肩披的麻袋上的渔线。

他靠得舒服，但也忍受着痛苦，尽管他根本不承认这种痛苦。

"我不信宗教，"他说，"可是我要念十遍'我们的天

52

父'①,念十遍'万福玛利亚'②,好让我捕上这条鱼。我保证,如果我捕到它,我会去朝拜科夫雷的圣母。这是我的诺言。"

他开始呆板地念祈祷词。有时他太累,记不清楚,那他就快说,这样祈祷词就会脱口而出。"万福玛利亚"比"我们的天父"更容易念,他想。

"万福玛利亚你充满圣宠主与你同在。你在妇女中受赞颂,你的亲子耶稣同受赞颂。天主圣母玛利亚,求你现在和在我们临终时为我们罪人祈求天主。阿门。"然后他补充道:"受赞颂的圣母,为这条鱼的死而祈祷吧。尽管它很神奇。"

祈祷完后,他感觉好了点,但痛苦依旧,也许还增加了一点。他靠着船头的木板,开始机械地活动左手的手指头。

太阳现在很热了,尽管微风徐徐吹来。

"我应该给那条隔着船艄放出去的细渔线再装上钓饵,"他说,"如果大鱼决定再待上一夜,我还需要吃东西,瓶子里的水已经很浅了。我想我在这儿逮不到别的鱼,只有鲯鳅,可是如果我趁鲯鳅新鲜把它吃了,味道不

———————————
①出自基督教《天主经》的开头,此处指整段祈祷词。
②出自基督教《圣母经》的开头,此处指整段祈祷词。

会太差。但愿今天夜里会有飞鱼来到船上。可是我没有灯火引诱它们。飞鱼生吃味道最好，还用不着切块。我现在必须保存所有的力气。基督啊，先前我不知道这条鱼有这么大。"

"但我一定要杀它，"他说，"不管它有多么伟大，多么荣耀。"

虽然那样不公正，他想。可是我要让它看看一个男子汉能做什么，能忍受什么。

"我告诉过那孩子我是个很特别的老头儿，"他说，"现在是我证明这个说法的时候了。"

他先前已证明过上千次，但那些都不算数了。现在他又在证明。每次都是新的一次，他这样做的时候从来不回想过去。

我希望大鱼睡觉，那我也就能睡觉，梦见狮子了，他想。那些狮子为什么成了梦里留下来的主要念想呢？别想了，老头子，他对自己说。你轻轻地靠着船头休息吧，什么也别想。大鱼在干活。你尽可能少干。

快到下午了，小船仍然缓慢地、平稳地移动。可是现在从东边刮来的微风增添了一点阻力，老人在起微波的海上轻轻破浪行驶。横在他背部的渔线摩擦的疼痛轻易地、持续不断地向他袭来。

下午时分，渔线又一次开始上升。但大鱼只是在水中稍高一点的层面继续游动。太阳照着老人的左臂、左肩和后背。因此他知道大鱼已转向东北方向。

他既然见过一次这条鱼，就能想象出它在海里游的情景：它的紫色胸鳍像翅膀那样张得很开，直立的巨大尾巴划破幽暗的海水。我不知道它在那个深度能看见多少东西，老人想。它的眼睛非常大，马的眼睛比它小得多还能在黑暗中看见东西呢。我以前也曾在黑暗中看得很清楚。不是在完全的黑暗中。可是差不多像猫那样看得清楚。

由于有阳光照射，再加上他不断活动手指头，他的左手现在完全松开了，他开始把更多的压力转移到这只手上。他通过耸肩的动作来活动后背的肌肉，以便转移一下渔线摩擦的部位。

"鱼啊，如果你不累，"他说，"那你一定很特别。"

他现在觉得非常累，他知道夜晚很快会来临，他尽量想点别的事。他想起了棒球大联盟的事，他把大联盟叫做 Gran Ligas①，他知道纽约扬基队正迎战底特律 Ti-gres②队。

---

①Gran Ligas，西班牙语，意为"大联盟"。
②Tigres，西班牙语，意为"老虎"。

我这是第二天不知道 juegos①的结果，他想。可是我必须有信心，必须对得起大球星迪马乔，他做什么事都很完美，即便脚跟的骨刺很疼。骨刺是什么？老人问自己。Un espuela de hueso②。我们没有骨刺。骨刺能像斗鸡腿上绑的距刺扎进脚跟那么疼吗？我想，我不能像斗鸡那样，忍受着那种疼痛，或者忍受着失明或失去双眼的痛苦，还继续斗下去。人并不比大鸟和大兽高明多少。尽管如此，我还是情愿做那只在幽暗的海水中游泳的动物。

"除非来了鲨鱼，"他说出声来，"如果鲨鱼来了，求上帝可怜它和我吧。"

你相信大球星迪马乔会像我这样守着这么一条鱼待那么久吗？他想。我相信他会的，而且会待得更久，因为他年轻力壮。再说他父亲以前是渔夫。可是他的骨刺会疼得很厉害吗？

"我不知道，"他自言自语，"我从来没长过骨刺。"

太阳西下时分，为了增强信心，他回忆起一次在卡萨布兰卡③的小酒馆里与一个魁梧的黑人比手劲的事。

---

①Juegos，西班牙语，意为"比赛"。
②Un espuela de hueso，西班牙语，意为"骨刺"。
③古巴哈瓦那市雷格拉县区的一个渔村，隔哈瓦那港湾与市区相望。

那黑人来自西恩富戈斯①,是码头上最强壮的人。他们两人把胳膊肘架在桌面上一条粉笔线上,小臂垂直,紧抓对方的手,就这样相持了一天一夜。各人都想把对方的手扳倒在桌上。赌注下得很多,人们在煤油灯下出入房间。他一直盯着黑人的胳膊和手,看着他的脸。第一轮八个小时过后,每四小时就换一次裁判,好让裁判能睡觉。鲜血从他和黑人的手指甲缝里渗了出来。他们两人直视对方的眼睛,盯着对方的手和前臂。赌客们在房间里进进出出,还坐在靠墙的高椅子上观战。墙壁是木制的,刷成鲜明的蓝色,几盏灯把他们的影子投射到墙上。黑人的影子巨大,微风吹拂照明灯时影子就在墙壁上不停地晃动。

　　整整一夜,投注赔率变来变去。他们给那黑人喂朗姆酒,替他点香烟。黑人喝了酒便竭尽全力,有一次把老人(那时老人还不老,人称 El Campeón②圣地亚哥)的手扳下去大约三英寸。可是老人又抬手扳平了。老人那时就相信自己已击败了那个优秀的、擅长运动的黑人。天亮时, 就在赌客们要求宣布和局而裁判摇头的时候,老人释放出全部能量,硬是把黑人的手扳低,再扳低,最后

---

　　①古巴南海岸一港口城市。
　　②El Campeón,西班牙语,意为"冠军"。

扳倒在木桌面上。这场比赛从星期天早晨开始,到星期一早晨才结束。先前很多赌客要求宣布和局,因为他们得去码头装运成袋的蔗糖,或去哈瓦那煤炭公司干活。不然的话,大家都愿意让比赛进行到底。可是不管怎么说,老人已经结束了比赛,而且是在大家必须去上班之前。

后来很长时间,大家都叫他"冠军",春天时还进行了第二次比赛。可是那次赌注不多。他赢得很轻松,因为第一次比赛中他已挫伤了那位来自西恩富戈斯的黑人的自信心。此后,他又参加过几次比赛,后来再也不参加了。他得出结论:他只要有迫切的愿望,就能击败任何人。他认为,比手劲对他的右手没好处,他得用右手捕鱼。他曾几次试着用左手进行练习赛。可左手总是叛逆,不肯按他的指令做,因此他不信任左手。

太阳会把左手烤好的,他想。它不应该再抽筋了,除非夜里受凉。我不知道今天夜里会发生什么事。

一架飞往迈阿密①的飞机从他的头顶上方经过,他看着飞机的影子惊起一群群飞鱼。

"飞鱼这么多,应该有鲯鳅和它们在一起。"他说着又向后抵住渔线,看看能不能把大鱼拉上来一点。可是

①美国南部一港口城市。

他拉不上来，那根渔线绷得很紧，上面水珠抖动，眼看就要断了。小船慢慢向前移动，他注视着那架飞机，直到看不见踪影。

坐飞机的感觉一定很奇特，他想。不知道从那个高度看大海会是什么样子？如果他们飞得不太高的话，应该能看清楚这条大鱼。我真想慢慢地飞到二百英寻高度①，从上面看看这条鱼。在捕龟船时，我登上过桅顶横杆，就在那个高度我还看见了很多东西呢。从那里看，鲯鳅显得更绿，你可以看见它们身上的条纹和紫斑，它们游动时，你可以看见整个鱼群。所有在幽暗的海流里快速游动的鱼，为什么都有紫色脊背和通常是紫色的条纹或斑点呢？当然啦，鲯鳅看上去是绿色的，因为它实际上是金色的。可是它饿极了吃食的时候，侧腹也显出紫色条纹，很像枪鱼的条纹。是不是它一生气或游得快些，条纹就显现出来了呢？

天转黑之前，老人和船经过了像个大岛似的一大片马尾藻，那些马尾藻在有微浪的海面上时起时伏，东摇西晃，仿佛大海在一块黄毯子下面正与什么东西做爱。就在这时，他那根细渔线被一条鲯鳅咬上了。老人第一

---

①老人误以为测量水深的单位"英寻"也可用于测量高度。

次看见这条鲯鳅是在它跳出水面的时候,它在落日的余晖中确实泛着金光,在空中弯着身子疯狂地扑腾。出于恐惧,它一次又一次跳出来,仿佛在演杂技。老人费力地挪到船艄,趴在船板上,用右手和右臂拉住那根粗渔线,用左手把鲯鳅拉过来,每拉上来一小段渔线就用赤裸的左脚踩住。鲯鳅到了船艄边上,拼命扑腾,两边侧腹都磕出了伤口。这时老人趴在船艄,把这条有紫色斑点的金光闪闪的鱼举过船艄。那鱼用上下颌神经质地快速咬钓钩,并用它的扁长身体、尾巴和头击打船底,直到老人用木棍击打它那闪着金光的头部,打到它浑身颤抖,最后不动了。

老人从钓钩上解下鲯鳅,又拿出一条沙丁鱼作鱼饵,重新装到钓钩上,并把细渔线甩进水中。然后他费力地挪回船头。他洗了左手,在裤子上擦干,随后把那条沉甸甸的渔线从右手移到左手,把右手伸进海水里洗,一边观看太阳落海,并察看那条粗渔线的倾斜度。

"大鱼一点儿都没变。"他说。可是通过观察海水冲手的情况,他注意到大鱼的速度明显慢了些。

"我要把两支桨捆起来,交叉着绑在船艄,这样夜里可以让大鱼减速,"他说,"它准备好了过夜,我也准备好了。"

最好是过一会儿再拾掇鲯鳅，以便保留鱼肉中的血,他想。过一会儿我可以干这事,同时可以把两支桨捆起来作阻力装置。现在最好是让大鱼保持安静,在日落时不要过多惊扰它。对所有的鱼来说,日落都是很难熬的时候。

他在空气中晾干右手，然后用它攥住渔线,自己尽可能放松,听任自己被朝前拉,顶上木船舷,这样一来,小船承担的张力与他承担的一样大,或者更大。

我正学着捕大鱼，他想。至少是学这部分活儿。还有,别忘了大鱼从咬饵后一直没吃食,它个头巨大,需要吃很多东西。而我已经吃了一整条鲣鱼。明天我要吃鯯鳅。他把鯯鳅叫做 dorado①。也许我应该在开膛清洗它的时候就吃一点。吃鯯鳅比吃鲣鱼难。可是,话又说回来了,干什么事都不容易。

"鱼啊,你感觉怎么样？"他出声问,"我感觉很好,我的左手好多了,我有够一夜加一天吃的东西。鱼啊,你拖船吧。"

其实他并不是真的感觉好，因为横勒后背的粗渔线造成的伤差不多疼过了头, 发展成一种让他担心的隐

---

①Dorado,西班牙语,意为"金色",是鯯鳅的一个别名。

痛。可是我经历过比这更糟糕的事,他想。我的手只是割破了一点儿,另一只手也不抽筋了。我的腿很正常。还有,在营养补给问题上我比它有优势。

现在天已经黑了,因为九月里日落后天黑得很快。他靠着船头已磨损的木板躺着,尽可能休息。第一批星星出来了。他虽然不知道"参宿七"①这个名字,但他看见了这颗星,知道所有的星星很快都会出来,那时他就会和所有遥远的朋友在一起了。

"这条大鱼也是我的朋友,"他说,"我从来没见过也没听说过这样的鱼。可是我必须杀掉它。我很高兴我们不用想法儿杀掉星星。"

想象一下,假如一个人每天都得想法儿杀掉月亮,那会怎么样,他想。月亮总是逃跑。可是再想象一下,假如一个人每天都得想法儿杀掉太阳,又会怎么样?我们生来就幸运,他想。

随后他可怜起了这条没食吃的大鱼,但尽管难过,他杀大鱼的决心却从来没有减弱。这鱼能供多少人吃啊,他想。可是人们有资格吃它吗?没有,绝对没有。从它的行为方式和高度的尊严来看,谁都没有资格吃它。

①参宿七(Rigel),猎户星座里最明亮的一颗星,也是最亮的蓝色超巨星。

我不懂这些事，他想。可是我们用不着想法儿杀掉太阳、月亮，或星星，这倒是件好事。我们靠海吃海，杀掉我们的忠实兄弟就够受的了。

　　他想，现在必须考虑阻力装置的事了。它既有风险又有好处。如果大鱼拼命拉扯，两支桨做成的阻力装置起了作用，小船不轻巧了，我就可能丢掉太多的渔线，以至于失去这条鱼。小船轻巧会让我和大鱼受苦的时间长一些，但这样我才安全，因为大鱼还有速游能力没发挥出来。不管怎么样，我必须把鲯鳅开膛破肚，这样肉就不会烂了，我要吃一点儿补身体。

　　现在我要再休息一个钟头，等我感觉大鱼踏实、稳当了之后，再回船艄干活儿，那时再做决定。在这期间，我可以观察它如何行动，看它是否表现出变化。利用两只桨是个妙招，可现在已到了避风险求安全的时候。大鱼仍有实力，我看见钓钩就在它的嘴角，它却一直紧闭着嘴。钓钩的折磨算不了什么。它忍受着饥饿的折磨，又不明白自己在跟谁斗，这才是要紧的。现在休息吧，老头儿，让它干活儿，等你的下一个任务来了再说。

　　他自认为休息了有两个小时。月亮要到很晚才出来，因此他无法判断时间。他也没有真正休息，比较而言，只是歇歇罢了。尽管他还用双肩承受着大鱼的拉力，可是他用左手把住船头的舷缘,越来越多地依靠船体抵抗大鱼的拉力。

如果我能把这根渔线拴住,会多简单呀,他想。可是大鱼只要稍稍蹿一下,就会挣断渔线。我必须用身体缓冲渔线的拉力,随时准备两手放线。

"可是你还没睡觉呢,老头儿,"他嘀咕,"已经过了半个白天和一个黑夜,现在又是白天了,你还没睡觉呢。你必须想个办法,趁鱼安静稳定的时候睡会儿觉。如果不睡,你的头脑就不清醒了。"

我的头脑很清醒,他想。太清醒了。像我的星星兄弟们那样清晰。可我还是得睡觉。星星睡觉,月亮和太阳睡觉,就连大海在没有激流、海面平静的某些日子里有时也睡觉。

可是要记着睡觉,他想。强迫你自己睡觉,想些简单而又保险的办法来处理这些渔线。现在回去收拾那条鲯鳅吧。如果你必须睡觉的话,用两支桨当阻力装置就太危险了。

我可以不睡觉就干活儿,他告诉自己。可是那样太危险。

他开始小心翼翼地爬回船艄,以防突然碰渔线惊动大鱼。它大概处于半睡眠状态,他想。可是我不想让它休息。它必须拖船拖到死。

回到船艄后，他转过身，用左手握住横跨双肩的渔线，承受着它的张力，又用右手从刀鞘里拔出刀。现在星星明亮了，他能看清楚那条鲯鳅了，他把刀刃刺进它的头部，从船艄下面把它拉出来。他一只脚踩住鲯鳅，很快地从它的肛门切到下颌尖。然后他放下刀，用右手掏空它的内脏，揪掉鱼鳃。他感觉手里的鱼胃又重又滑，于是把它剖开。里面有两条飞鱼。飞鱼还很新鲜、硬实，他把它们并排摊开，并把那些内脏和鳃扔到船艄外。这些丢弃物沉入水中，留下一道磷光痕迹。鲯鳅现已变冷，在星光下呈现出灰白色，像麻风病人的皮肤。老人用右脚踩住鲯鳅头，剥下侧腹的皮。然后把它翻过来，剥下另一侧的皮，并把两侧的肉从头到尾割下来。

他把鲯鳅的残骸滑出船外，并观察水中是否有漩涡。可是水中只有残骸慢慢下沉时的磷光。他转过身，把两条飞鱼放进那两片鲯鳅肉中间，把刀插回刀鞘，慢慢挪回船头。他弯腰承受着渔线的重量，用右手拿着鱼。

回到船头后，他把两片鲯鳅肉摊在木板上，把两条飞鱼放在旁边。放完之后，他把身上背着的渔线挪到新的位置，又用左手拉住，并把左手抵在舷缘。然后他趴在船舷边,在水里洗飞鱼,并观察冲刷手的海水的流速。他的手因剥鱼皮而带上磷光,他看着冲刷手的水流。水流不那么强了,当他在小船的船板上蹭手时,一些磷颗粒漂浮在水面,慢慢地漂向船艄。

"它累了,要不就是在休息,"老人说,"现在我来吃这条鲯鳅,然后休息会儿,睡会儿觉。"

在星空下,在更寒凉的夜色中,他吃了半片鲯鳅肉,还吃了一条已切除内脏和头的飞鱼。

"鲯鳅煮熟了吃,是多美味的鱼啊,"他说,"要是生着吃,是多难吃的鱼啊。以后没有盐或酸橙我绝不上船。"

如果我有头脑的话,我会整天往船头泼海水,晒干就做出盐了,他想。不过话又说回来了,我是在快日落时才钓上这条鲯鳅的。这还是缺乏准备。可是我已经把鲯鳅嚼得很烂了,并没有恶心。

天空中布满云彩,正向东漫延,他所熟知的星星一个接一个消失了。他仿佛进入了一个云彩大峡谷,风已经停了。

"三四天后会有坏天气,"他说,"可是今天夜里和明天不要紧。现在想法儿睡会儿觉吧,老头儿,趁着大鱼还安静,还稳定。"

他用右手紧紧地拉住渔线，把大腿挪过去抵住右手，同时身子往后靠，把全身的重量都压到船头的木板上。然后他把肩上的渔线向下溜一点，用左手拽住。

只要我的右手被抵住，它就能攥住渔线，他想。如果我睡觉时它松开了，渔线往外溜，左手会惊醒我的。这样对待右手真是太苛刻了。可是它习惯于受折磨。我哪怕睡上二十分钟或者半小时也是好的。他朝前躺，身子蜷起来倚着渔线，把全身的重量都压在右手上，就这样睡着了。

他没有梦见那些狮子，而是梦见了一大群鼠海豚，前后绵延八英里或十英里，此时正值交配季节，它们高高跳到半空，然后回落进它们起跳时形成的同一个水涡里。

随后他梦见他在村子里，睡在自己的床上，当时刮着强北风①，他很冷，右臂没有知觉，因为他的头一直压着右臂当枕头。

在这之后，他开始梦见那绵长的黄色沙滩，看见那狮群中第一只狮子在暮色中走下沙滩，随后其他狮子也来了。横帆船在傍晚的习习陆风中停泊着，他把下巴颏

①发生在墨西哥湾或西南部草原区的冷风。

顶在船头的木栏杆上，等着看是否会来更多的狮子，他很快活。

月亮早就升起来了，可他还在睡觉，大鱼平稳地拖着船，小船进入云彩的隧道。

他的右拳突然抬起来撞到脸上，他醒了，右手中的渔线也被拉了出去，把手磨得火辣辣的。他虽然感觉不出左手的存在，但他尽最大力量用右手拽渔线，渔线还是快速向外溜。最后它的左手摸到了渔线；他向后抵住渔线，现在渔线热辣辣地摩擦着他的后背和左手；他的左手承受着所有的张力，被严重划伤。他回头看看那几卷渔线，它们正被大鱼顺利地拖出去。正在这时，大鱼跳起来，掀起大浪，然后重重地落下去。随后它一次又一次跳出来，尽管渔线快速溜出，尽管老人一次又一次拉紧渔线，拉到几乎断裂的程度，可小船仍在快速行驶。老人已被紧绷的渔线撂倒在船头，脸砸在切好的鲯鳅鱼条上，他无法动弹。

咱们等的就是这个，他想。那咱们就应对吧。

要让它为拖出去的渔线付出代价，他想。要让它为拖出去的渔线付出代价。

他看不见大鱼几次跳跃的情景，只是听见海水的迸裂声和大鱼回落时重重的溅水声。快速移动的渔线在割伤他的双手,可是他一直就知道这种情况会发生,他已尽力把伤控制在手上有老茧的部位,尽量不让渔线滑到掌心或割伤手指头。

要是那孩子在这儿,他会把几卷渔线都打湿的,他想。是啊。要是那孩子在这儿。要是那孩子在这儿就好了。

渔线往外溜呀,溜呀,溜呀,可是现在溜得慢了,老人姑且让大鱼赢得每一英寸渔线。现在他把头抬起来,脱离船头木板和被他的面颊压碎的鲯鳅鱼条。然后他跪起来,再慢慢站起来。他一直在给大鱼放渔线,但现在放得慢些了。他往回挪到他能用脚碰到那几卷渔线的位置,尽管他看不见它们。渔线还很多,大鱼不得不克服摩擦力,把整根新续的渔线拉进水中。

行了,他想。现在大鱼已经跳了十几次,它脊骨边的气囊已经充满了空气,它不可能游到深处我钓不着的地方死去。它很快就要开始绕圈子,那时候我必须对它下手。我纳闷是什么东西那么突然地吓了它?是它饿得不顾一切了呢,还是夜里被什么东西吓着了?也许它突然感觉恐惧。可它是一条那么镇静、那么强壮的鱼,它显得那么无所畏惧,那么信心十足。真奇怪。

"老头儿,你自己可要无所畏惧,信心十足啊,"他说,"你又在牵制着它,可是你收不回渔线。不过它很快就得绕圈子了。"

老人用左手和双肩牵制着大鱼；他弯下腰，用右手舀起海水，冲掉粘在脸上的烂鲯鳅肉。他怕那东西会让他恶心，怕自己会呕吐，怕会丧失体力。他把脸冲干净后，又把右手伸到船舷外洗，让手在咸海水里浸泡，同时看着日出前的第一缕光线显现。大鱼差不多朝东游了，他想。那就是说它累了，在随着海流漂动。它很快就要绕圈子。那时我们真正的活儿才开始。

他认为右手泡的时间已经够长了，便把手抽出来看。

"还不坏，"他说，"对男子汉来说，疼点没关系。"

他小心攥住渔线，不让它嵌入任何一个新磨破的伤口；他把承受的重负挪了挪，这样就能把左手伸进另一侧船舷外的海水里。

"你这没用的家伙，干得还不那么差，"他对左手说，"可是有一段时间我觉得找不到你啦。"

他想，我为什么没有生就两只好手呢？也许是我的错，没把那只手训练好。可是上帝知道它有足够的学习机会。不过它夜里干得倒不那么差，只抽筋一次。如果它再抽筋，就让渔线把它割下去吧。

想到这里时，他知道自己这会儿头脑不清醒了，他想他应该再嚼点鲯鳅肉。可是我不能吃，他告诉自己。就是头晕也比因呕吐而丧失体力要强。我知道,我就是吃了,胃也盛不住,因为我的脸沾过烂鲯鳅肉。我要把那鱼肉留起来应急用,直到它烂掉为止。可是,想通过增加营养来增强体力已经太晚了。你真蠢,他告诉自己。把剩下的那条飞鱼吃了吧。

飞鱼就放在那里,清洗过了,随时可吃。他用左手抓起飞鱼吃,仔细地咀嚼鱼刺,连尾巴都吃了。

这鱼比几乎所有的鱼都有营养,他想。至少能提供我需要的那种体力。现在我能做的事都做了,他想。让大鱼开始绕圈子吧,让战斗到来吧。

自从他出海以来,太阳已经是第三次升起了,这时大鱼突然开始绕圈子。

只凭渔线的倾斜程度,他还看不出大鱼在绕圈子。为时尚早。他只是感觉渔线的压力稍微小了,他开始用右手轻轻地拉。渔线像往常那样绷紧,可是当他拉到要断的关头,渔线开始往里进了。他让肩膀和头部从渔线底下轻轻地钻出来,开始平稳地、小心地回收渔线。他用两只手轮换着拉,身体左右摆动,尽可能用身体和两腿的力量。他的老腿和肩膀随着拉拽的摆动而左右转动。

"这可是个很大的圈子,"他说,"可它到底绕圈子了。"

随后渔线再也拉不进来了，他攥住它，直到看见上面有水珠在阳光下跳动。然后渔线开始往外溜，老人跪下去，不情愿地任它溜进幽暗的水里。

"大鱼在往最远的那头转。"他说。我必须尽全力拉住渔线，他想。渔线拉紧了，鱼转的圈子就会一次比一次小。也许过一小时我就能看见它了。现在我一定要让它信服我，过后我一定要杀死它。

然而大鱼一直在慢慢兜圈子，两小时后，老人浑身是汗，累到了骨子里。可是大鱼兜的圈子小多了，他从渔线的倾斜度就能看出，大鱼已经平稳地往上游了。

有一个小时，老人总看见眼前有许多黑点，带盐分的汗水浸湿了他的眼睛，也浸湿了他前额上眼睛旁边的一个伤口。他并不担心出黑点。他拉渔线时那么紧张，眼前出些黑点很正常。可是他曾两次感觉眩晕，这让他担心。

"我不能对不起自己，就这样死在一条鱼的手里，"他说，"我既然让它那么漂亮地过来了，上帝帮助我坚持下去吧。我要念一百遍'我们的天父'，念一百遍'万福玛利亚'。可是现在不能念。"

就当念过了吧，他想。过后我一定补念。

正在这时，他感觉自己双手攥着的渔线突然被撞并被拉了一下。这一下又猛、又狠、又重。

它在用它的长标枪撞铁丝前导线，他想。这是肯定要发生的。它不得不那样做。尽管这样做可能让它跳起来，我宁愿它现在继续兜圈子。它需要跳起来呼吸空气。可是在这之后，它每跳一次都会加大钓钩造成的伤口，有可能甩掉钓钩。

"鱼啊，你别跳，"他说，"你别跳。"

大鱼又撞了几次铁丝前导线，它每次摇头，老人都放出一小段渔线。

我必须把它的疼痛控制在原来的部位，他想。我疼点不要紧。我可以控制疼痛。可是它疼极了会发疯的。

过了一会儿，大鱼不撞前导线了，又开始慢慢地绕圈子。现在老人平稳地回收渔线。可是他又感觉头晕了。他用左手撩起海水泼在头上。随后又泼了些海水，并揉了揉脖颈。

"我没抽筋，"他说，"它很快就会浮上来，我能坚持。你就得坚持。这根本不用说。"

他靠着船头跪下，一下子就把渔线轻轻地放回了背上。趁鱼往外绕圈子，我先休息会儿，等它游回来，我再站起来对付它，他这样决定。

让大鱼去兜圈子，他在船头休息，不回收一点儿渔线,这是多美的事啊。可是当渔线的张力说明大鱼已转身向小船游来时,老人站起来,开始转动身子,两手交替着拉渔线。他已拉上来的渔线都是用这种方法回收的。

我从来没有这么累过,他想,现在又刮起了信风。不过,刮信风有好处,对我带鱼回港有利。我太需要这风了。

"大鱼再转弯往外游时,我要歇一会儿,"他说,"我感觉好多了。它再绕两三圈,我就要捕到它了。"

他的草帽滑到了后脑勺上,他感觉大鱼转弯时,便顺着渔线的拉势瘫坐到船头里。

鱼啊,你先干活儿吧,他想。等你转过弯来,我就抓住你。

海潮涨了不少。可是风不大,是顺风,他必须借着这风驾船回家。

"我只要让船往西南方向走就行,"他说,"男子汉在海上永远不会迷失方向,再说那是个很长的岛①。"

大鱼转到第三圈时,他才头一次看见它。

他起初只看见一个黑影,那黑影用了那么长时间才从小船底下通过,他简直不相信那鱼有那么长。

---

①指古巴岛,全长约 1,199 公里。

"不对，"他说，"它不可能那么大。"

可是它确实那么大，它在快绕完这一圈时游到海面，离小船只有三十码远。老人看见鱼尾出水。这鱼尾比长柄大镰刀的大刀片还要高，呈很浅的紫色，竖在深蓝色的海面上。鱼尾向后扫，掠过海面。当大鱼游到紧靠水面处时，老人能看见它的巨大身躯和紫色环身条纹。它的背鳍倒伏，两个巨大的胸鳍张得很开。

在这一圈上，老人能看见大鱼的眼睛和围着它游的两条灰色鲫鱼。有时鲫鱼吸附着大鱼。有时它们突然游开。有时它们在大鱼的影子里轻松地游。每条鲫鱼都有三英尺多长，它们游得快时，像鳗鱼那样甩动身子。

老人现在出汗了，除了因为日晒，还有别的原因。每次大鱼平静地转弯时，他都收回一些渔线。他相信只要大鱼再转两个弯，他就有机会把鱼叉扎进去。

可是我必须让它靠近，靠近，再靠近，他想。我不能扎它的头。我必须刺进它的心脏。

"老头儿，要冷静，要坚强。"他说。

大鱼绕下一圈时，露出了脊背，可是它离船还是有点太远。下一圈它还是离得太远，但出水的部位高了些。老人相信，再收进些渔线就能把它拽到船边。

在这之前，老人早已把鱼叉安装好了，拴鱼叉的那卷细绳装在一个圆篮子里，一头拴在船头的系缆桩上。

大鱼这一圈游过来了，它很安静，看起来很漂亮，只有硕大的鱼尾在摆动。老人使出全身力气拽，要把它拽得近一点。它仅在一瞬间身子有点倾斜。然后它又直起身来，开始绕下一圈。

"我拉动它了，"老人说，"我刚才拉动它了。"

现在他又觉得头晕，但是他使出全身力气攥紧渔线，控制着这条巨大的雄枪鱼。我拉动它了，他想。也许这次能把它拽过来。手啊，拽吧，他想。腿啊，要站稳。脑子啊，要为我挺住。为我挺住。你从来不开小差。这次我一定要把鱼拽过来。

可是，他没等枪鱼游到船边便开始竭尽全力拽它，它被拉过来一段距离，然后纠正了方向，游开了。

"鱼啊，"老人说，"鱼啊，你怎么着也得死。你非得把我也弄死吗？"

这样下去什么都做不成，他想。他的嘴干得说不出话来，可是他够不着水瓶。这次我一定要把鱼拽到船边，他想。它再多转几圈我可顶不住了。不，你顶得住，他告诉自己。你永远顶得住。

枪鱼下一次转弯时，他差点逮着它。可是枪鱼又纠正了方向，慢慢游开了。

鱼啊，你这是在杀我，老人想。可是你有权利这么做。兄弟，我还从来没见过谁比你更伟大、更漂亮、更冷静，或更高贵。来吧，杀我吧。我不在乎谁杀死谁。

现在你的脑子要乱了，他想。你必须保持头脑清醒。保持头脑清醒，你就知道该怎么样吃苦，像个男子汉。或者像一条鱼，他想。

"头脑，清醒吧，"他用自己几乎听不见的声音说，"清醒吧。"

枪鱼又转了两个圈，情况和先前一样。

我不明白，老人想。他每次都觉得自己就要晕过去了。我不明白。可是我要再试一次。

他又试了一次，他把枪鱼拉倒时感觉快要昏迷。鱼扳正了身子，又慢慢地游开去，硕大的鱼尾在空中摇摆。

我要再试一次，老人许诺说，尽管他的双手已磨烂，眼睛只是瞬间看得清。

他又试了一次，情况依旧。于是他想（他还没开始就感觉晕了），我要再试一次。

他把自己的一切疼痛、剩余的力气和丧失已久的自尊心都调动起来，用这股力量去对付枪鱼的痛苦挣扎。枪鱼侧翻过来，侧着身子温顺地游动，它的长吻几乎碰到小船的木外壳。它开始从小船旁边游过，它很长，很宽，吃水深，银白色，带紫色条纹，在水里没完没了地移动。

老人放下渔线，用一只脚踩住，尽可能高地举起鱼叉，使出全力，使出他刚调动起来的更大力量，狠刺进枪鱼身侧那翘得高达老人胸部的胸鳍后面。他感觉到铁叉扎了进去，于是他全身倚在鱼叉上，往深处扎，然后用全身的重量压下去。

这时垂死的枪鱼又活了起来，它高高跳出水面，展示出全部的长度和宽度，展示出全部的力量和美丽。它似乎悬在空中，悬在船中老人的头顶之上。然后它扑通一声跌入水中，激起的浪花溅了老人一身，溅满整个小船。

老人感到头晕恶心，眼睛也看不清了。可是他清理了系鱼叉的细绳，让它慢慢滑过自己脱了皮的双手。当他能看清时，他看见枪鱼脊背朝下，银白色的肚子朝上。鱼叉柄从鱼肩戳了出来，与鱼肩形成一个角度；海水因枪鱼心脏流出的殷红鲜血而改变了颜色。起初那血是暗的，像一群鱼游在蓝色海水中，那海水有一英里多深。随后血像云彩般散开去。枪鱼呈银白色，一动不动，随着海浪漂浮。

老人在视力正常的瞬间仔细观察。然后他把鱼叉上的细绳在船头的系缆桩上绕了两圈,并用双手托住头。

"让我的头脑保持清醒吧,"他靠在船头的木板上说,"我是个累坏了的老人。可是我已经杀了这条鱼,它是我的兄弟,现在我必须干苦力活了。"

现在我必须准备绳套和绳索,好把它捆到船边,他想。就算我们有两个人,能把船灌满水,把鱼装进来,再把水舀出去,这小船也盛不下它。我必须把一切准备好,然后把它弄过来,捆绑结实,再竖起桅杆,扬起船帆驶回家。

他开始拉枪鱼,把它拉到船边,这样他就能把绳子穿进它的腮,从嘴里穿出来,把它的头紧紧绑在船头旁边。我要看看它,他想,还要碰碰它,摸摸它。它是我的财富,他想。可这并不是我想摸它的原因。我想我感觉到了它的心脏,他想。那是在我第二次往下推鱼叉柄的时候。把它拉过来捆牢,用绳套去套它的尾巴,再用一个绳套去套它的身体中段,把它绑到小船上。

"干活儿吧,老头儿,"他说。他喝了很小一口水。"战斗停止了,就有很多苦力活儿要干啦。"

他抬头望望天空,然后往外看看他的鱼。他小心地看了看太阳。也就刚过中午,他想。信风正在加大。现在那些渔线都没用了。回家后我和小伙子会把它们捻接上的。

"鱼啊,过来吧。"他说。可是枪鱼没过来。它还躺在海水中翻滚,于是老人把船划到它身边。

就是到了枪鱼身边,让鱼头靠上了船头,他仍无法相信这条鱼有那么大。可是他从系缆桩上解下拴鱼叉的绳子,把它穿过鱼鳃,从鱼的颌部穿出,绕到鱼的剑状长吻上,然后又穿进另一个腮,在鱼吻上再绕一圈,把这两股绳子系了一个结,紧紧地拴在船头的系缆桩上。然后他切下一段绳子,拿到船艄去套鱼尾。枪鱼的颜色已从原来的紫色和银白色变成了全银白色,身上的条纹呈现出与鱼尾颜色一样的淡紫色。那些条纹比五指岔开的人手还要宽,鱼眼看起来很漠然,像潜望镜中的反射镜,或者像宗教仪式队伍中圣徒塑像的眼睛。

"刚才只能用那种办法杀它。"老人说。自从喝了水以后,他感觉好受些了,他知道自己不会晕过去,头脑也清醒了。按这条鱼的样子估算,有一千五百多磅重,他想。也许还重得多。如果把它开膛收拾干净,还剩三分之二的话,按三角钱一磅计算,会是多少呢?

"我需要一支铅笔来计算,"他说,"我的头脑还没那么清醒。可是我想大球星迪马乔今天会为我骄傲的。我没长骨刺。可是我的两只手和后背疼得厉害。"我不知道

骨刺是什么样的,他想。也许我们都有骨刺,只是不知道
罢了。

他把枪鱼紧绑在船头、船艄和中间的横座板上。它
是那么大,绑它就像并排绑一条比他的小船大得多的
船。他切下一截渔线,把枪鱼的下颌与长吻捆到一起,这
样鱼嘴就张不开,他们就能尽量利索地航行了。随后老
人竖起桅杆,带上棍子,即那个手钩,再装上帆桁。于是
带补丁的帆鼓足了风,小船开始移动,他半躺在船艄,向
西南方向航行。

他不需要罗盘告诉他哪儿是西南。他只需要感觉一
下信风以及风帆的张力就可以了。我最好是放出一根系
着诱饵勺的细渔线,试着弄点什么东西吃,也吸点汁液
解渴。可是他找不到诱饵勺,沙丁鱼饵也都腐烂了。因此
在经过一片黄色湾藻时,他用手钩捞上来一簇,抖了抖,
藏在里面的小虾就落到了船板上。小虾有十几只,活蹦
乱跳的,像沙蚤一样。老人用大拇指和食指掐掉虾头,把
虾连皮带尾都嚼了。这些虾虽然很小,但他知道它们很
有营养,味道也好。

老人的瓶子里还剩两口水,吃完虾后他喝了半口。
考虑到现有的麻烦事,小船的航行就算很顺利了,他用
胳膊夹着舵柄掌舵。他能看见枪鱼,而且他只有看见自

己的手,并感觉到后背靠着船艄,才知道这是真实发生的事,而不是梦幻。有一次他对结局感到那么沮丧,曾想这也许是一场梦。后来,当他看见枪鱼跳出水面,一动不动地悬空片刻才跌落时,他肯定这里面有某种很奇特的因素,他简直不能相信。随后他就看不清了。不过现在他又像往常那样看得清了。

现在他知道枪鱼就在船边,知道自己的手和后背都是真实的,不是梦幻。手上的伤通常好得快,他想。我把手上的血都洗掉了,含盐的海水会让伤口长上。墨西哥湾的幽暗海水是世上最好的愈合剂。我必须做的就是保持头脑清醒。我的手已经完成了工作,而且我们航行得很好。枪鱼紧闭着嘴,尾巴直上直下地摆动,我们俩像兄弟一样航行。然后他的头脑有点不清楚了。他想,是它在带我回港呢,还是我在带它回港?如果我把它拖在船后,那就没问题了。如果它在船里边,丧失了一切尊严,那也没问题了。可现在他们俩是在一起航行,被拴在了一起。老人想,如果它高兴的话,就让它带我回港吧。我只是因为用了诡计才比它强的,它并没想伤害我。

他们航行得很顺利,老人把双手浸到含盐的海水里,并努力保持头脑清醒。他们的上空有很高的积云和足够的卷云,因此老人知道微风还要刮一整夜。老人不时看看枪鱼,好确信这事是真的。过了一个小时,第一条鲨鱼攻击了它。

那鲨鱼不是偶然来的。在那一团深色的血下沉到一英里深的海水中并扩散的时候,它就从深水处游上来了。它上浮得那么快,没有任何顾忌,因此一下子冲破了蓝色的海面,来到阳光下。然后它回落到海中,找到了血腥气味,开始沿着小船和枪鱼的航道游了过来。

有时它跟丢了血腥气味。可它还会重新找到,或者只找到一丝痕迹,于是就执意沿着这条航道游过来。这是一条非常大的马科鲨①,天生的健壮身体让它能游得很快,与海里游得最快的鱼不相上下。它身上除了颌部以外各部分都很漂亮。它的脊背像剑鱼的脊背那么蓝,腹部银白色,厚皮光滑而美丽。除了巨大的颌部以外,它的体态很像剑鱼。由于它在水下紧贴水面游得很快,它的上下颌紧闭着,高耸的背鳍像刀子一样平稳地划破水面,毫不摇摆。在它的颌部内紧闭的复唇里,八排牙齿都向内倾斜。这些牙齿与多数鲨鱼的普通棱锥状牙齿不同,它们的形状像蜷成爪子状的人手指头,几乎与这位老人的手指头一样长,两面都有剃须刀般锋利的边缘。

---

①马科鲨(Mako shark),亦称尖鼻鲭鲨、蓝色尖吻鲨。鲭鲨科若干种快速、机敏、可能危害人类的鱼类的统称。

马科鲨天生掠食海洋中快速、强健、全副武装而无敌手的其他所有鱼类。现在这条马科鲨闻到了更新鲜的血气，于是加快了速度，它的蓝色背鳍切过海水。

老人看见它过来时，就知道这是一条无所畏惧的鲨鱼，会为所欲为的。他一面看着马科鲨亮相，一面准备鱼叉并拴紧绳子。绳子较短，因为有一段已被切掉用于捆枪鱼了。

现在老人的头脑很清醒，很正常，他很有决心，但不抱什么希望。太好的事长不了，他想。他看着马科鲨游近时瞟了一眼枪鱼。这可能也是个梦，他想。我没法儿阻止鲨鱼攻击我，但我也许能逮住它。Dentuso[1]，他想。让你妈妈交噩运吧。

马科鲨快速靠近船艄，它攻击枪鱼时，老人看见它的嘴张开，看见它那双怪异的眼睛，看见它上前去吃鱼尾上方的肉时牙齿咯吱咯吱地咬动。马科鲨的头已露出水面，脊背正在出水，老人能听见大枪鱼的皮肉被撕裂的声音，这时他突然把鱼叉扎进马科鲨头部，刺进两眼连线与鼻后延长线的交叉点上。其实并非真有这样两条线。有的只是那沉重而尖利的蓝色头部、两只大眼睛

---

①Dentuso，西班牙俚语，此处意为"丑牙"，系渔民对尖鼻鲭鲨的俗称。

和那咯吱响着突然伸出去吞食一切的上下颌。可是那个交叉点正是鲨脑的所在,因此老人才扎向那里。他使尽全身力气,用血肉模糊的手把一根好鱼叉扎了进去。他没抱什么希望,但是怀着决心和十足的恶意刺中了这个位置。

马科鲨猛地翻过身,老人看见它的眼神已丧失活力,然后它又翻了一次,身上又绕上了两圈绳子。老人知道它快死了,可是它不肯接受死亡。然后,马科鲨仰面朝天,拍打着尾巴,颌部咯吱作响,像一艘快艇冲过水面。它的尾巴拍打之处,海水翻起白浪;它有四分之三的身体完全露出水面,这时绳子突然拉紧,抖动,然后断了。鲨鱼在水面上静静地躺了片刻,老人观察着它。然后它很慢地沉入水中。

"它叼走了大约四十磅肉。"老人叫出声来。它把我的鱼叉也带走了,还捎上了整根绳子,他想,现在我的鱼又流血了,别的鲨鱼会来的。

自从枪鱼遭到毁损后,他再也不愿看它了。枪鱼受攻击时,他感觉自己也受了攻击。

可是我杀死了那条攻击我的鱼的马科鲨,他想。它是我所见过的最大的 dentuso。上帝知道,我见过很多大鲨鱼呢。

太好的事长不了，他想。我现在多么希望这是个梦，希望我没钓到这条鱼，希望我还是一个人躺在铺着报纸的床上。

"然而人生来不是为了被打败的，"他说，"一个人可以被毁灭，但不能被打败。"尽管我为杀这条枪鱼感到遗憾，他想。现在倒霉的时候到了，我连鱼叉都没有了。没错，这条 dentuso 很残忍，很能干，很强壮，也很聪明。可是我比它更聪明。也许不是，他想。也许我只是武装得更好罢了。

"别想了，老头儿，"他说出声来，"沿着这条航道航行，噩运来了就顶着吧。"

可是我必须思考，他想。因为这是我剩下的唯一功能。思考和棒球。不知道大球星迪马乔会不会喜欢我刺中鲨鱼脑的方式？那不是什么大事，他想。任何男子汉都能做。可是，你认为我的手跟你的骨刺一样是很大的麻烦吗？我没办法知道。我的脚后跟从来没出过毛病，只有那次游泳时踩到魟鱼被叮了一下，整个小腿瘫了，疼得受不了。

"想点高兴的事吧，老头儿，"他说，"现在每分钟你都离家近了一步。丢了那四十磅鱼肉，你航行得更轻松了。"

他很清楚自己驶进洋流内部时可能遇到什么通常会发生的情况。可是现在没有办法。

"有啦,有办法啦,"他叫道,"我可以把刀子绑在一支桨的把子上。"

他用胳膊夹住舵柄,用脚踩住帆脚索,把刀子绑到桨把上。

"行了,"他说,"我还是个老头儿。可我并非手无寸铁。"

现在微风大了些,他继续顺利航行。他只看着枪鱼的前半身,又恢复了一点希望。

放弃希望是件愚蠢的事,他想。再有,我相信那是一种罪。别想罪的事了,他想。就是不想这事,现在该想的问题也够多的了。我不明白什么是罪。

我不明白什么是罪,我不能肯定我相信不相信罪。也许杀死枪鱼是一宗罪。我猜是的,即便我那样做是为了活下去,为了给很多人提供食物。可是照这么说,什么都成罪了。别想罪的事了。想也晚了,再说有很多人受雇专门想这事呢。让他们去想吧。你天生就是渔夫,正如那枪鱼天生就是鱼。圣佩德罗①以前是渔夫,跟大球星迪马乔的父亲一样。

①圣佩德罗(San Pedro),西班牙语中对"圣彼得"的称呼。圣彼得(Saint Peter,?—约64),早期基督教会所称耶稣十二个门徒之首。天主教会认为他是第一代教皇。他早年曾打鱼为生,被后世尊崇为渔民的保护圣徒。

可是老人喜欢思考他参与过的所有的事，由于他没有书报可读，也没有收音机，他想得很多，于是他继续思考罪的问题。你杀死枪鱼不只是为了活命和当食物卖，他想。你是为了自尊而杀死它的，因为你是渔夫。它活着时你爱它，它死后你还爱它。如果你爱它，那杀它就不是罪。或者也许更有罪？

"你想得太多了，老头儿。"他说。

可是你享受杀 dentuso 的过程，他想。它像你一样靠吃活鱼生存。它不是吃腐肉的鱼，也不像有些鲨鱼那样仅仅是个游动的胃口。它美丽、高贵、无所畏惧。

"我杀它是为了自卫，"老人说出声来，"而且我杀得很有技巧。"

再说了，他想，从某种意义上讲，一物杀一物。捕鱼要我的命，正如它让我活命。那孩子让我有活力，他想。我不能太欺骗自己。

他探身船舷外，从枪鱼身上被鲨鱼咬过的部位撕下一块肉。他咀嚼着，注意品尝肉的质地和美味。鱼肉很紧，有汁液，像家畜肉，但颜色不红。鱼肉并不筋道，他知道这条鱼上市会卖到最高价钱。可是谁都无法让鱼腥味不散到海水里，老人知道最倒霉的时刻即将来临。

微风一直在吹。风向稍微偏向东北，他知道那意味着风不会减弱。老人朝前望，但看不见海上有船帆，也看不见任何轮船的船身或冒出的烟。只见飞鱼从他的船头跃起并向两边滑翔，还有一片片黄色湾藻。他连一只鸟都看不见。

他航行了两小时，期间一直在船艄歇着，有时嚼一点枪鱼肉，尽量休息以增强体力。突然间他看见两条鲨鱼中的第一条。

"Ay。"他说。这个词无法翻译，也许仅仅是一种喊声，比方说，一个人感觉钉子刺穿了手掌后又扎进木头里，就可能不由自主地这样喊。

"Galanos①。"他说出声来。他已看见第二片鱼鳍跟在第一片鱼鳍后面过来了，并根据那棕色三角形鱼鳍以及鱼尾横扫的动作断定，它们是铲鼻鲨②。它们嗅到了血腥味，非常激动；极度饥饿让它们昏了头，激动之中不时跟丢血腥味，然后又找到。但它们总是在逐渐靠近。

老人绑紧帆脚索，把舵柄嵌入方向舵。然后他拿起那支绑着刀的桨。他尽可能轻地举桨，因为他的手疼得很，不听使唤。他轻轻地张开两只持桨的手，随后再攥

---

①Galanos(Galano 的复数形式)，西班牙语，意为"斑驳的、杂色的"，系古巴人对铲鼻鲨的俗称。

②铲鼻鲨(shovel-nosed shark)，似为公牛鲨的俗称。

上，让它们放松。他决然地一下攥住桨，这样手就能忍受疼痛，不再躲闪了。他看着那两条铲鼻鲨游过来。现在他能看见它们那似铲尖的宽阔扁平头部和带白尖的宽阔胸鳍。它们是很可恶的鲨鱼，臭烘烘的，既掠食生鲜又吃腐肉，饿的时候会咬桨或舵。这种鲨鱼会趁乌龟在海面睡觉时咬断它们的腿和鳍足；它们要是饿了，甚至会在水中攻击人，即便那人身上既没有鱼的血腥味又没有鱼的黏液。

"Ay，"老人说，"Galanos。过来吧，galanos。"

它们过来了。但过来的方式与马科鲨不同。一条铲鼻鲨转身钻到小船底下没了踪影。老人能感觉到小船在晃动，因为它在急推猛拽枪鱼。另一条铲鼻鲨用细缝般的黄眼睛盯着老人，然后张大半圆形的颌部快速游过来，攻击枪鱼已被咬过的部位。从它的褐色头顶到脊背上的脑与脊髓连接处，清楚地显出一道纹路。老人把绑在桨上的刀子扎进连接处，抽出来，再扎进那双猫眼似的黄眼睛。铲鼻鲨松开枪鱼向下溜，吞掉撕下的鱼肉便死去了。

小船仍在晃动，因为第一条铲鼻鲨正在撕咬枪鱼。老人松开帆脚索，让小船横着转向，把船下的铲鼻鲨赶出来。老人一看见它，便俯身船舷，向它戳去。老人只是扎到了肉；鲨鱼皮紧绷绷的，很难扎进去。这次攻击不仅弄得他手疼，而且肩膀也疼。可是铲鼻鲨快速上浮，头露出水面；就在它的鼻子出水抵住枪鱼时，老人照准它扁平头顶的中央直戳下去。老人抽出刀，再次戳进同一部位。铲鼻鲨仍然紧闭颌部，咬住枪鱼不放，于是老人刺了它的左眼。铲鼻鲨还是悬在那里。

"你还不走？"老人说，他把刀捅进铲鼻鲨的椎骨和脑之间。这一下很轻松，他感觉铲鼻鲨的软骨裂了。老人把桨调过头，用桨板去撬它的上下颌。他扭了几下桨板，铲鼻鲨便松开口要溜。这时老人说："滚吧，galanos。溜到一英里深的水下。去见你那个朋友，也许那是你妈妈。"

老人擦了擦刀片，放下桨。他摸到了帆脚索，等帆被风吹鼓后，他便引着小船驶上了回港的航道。

"它们一定是撕走了四分之一的枪鱼肉，而且是最好的肉，"他说，"我多希望这是个梦啊，我要是没钓上它就好了。鱼啊，我很抱歉，一切都搞糟了。"他不说了，现在他不想看枪鱼。枪鱼流尽了血，浸在水中，颜色看上去像镜子背衬的银白色，身上的条纹依然显露出来。

"鱼啊，我真不应该出海这么远，"他说，"你我都不应该。鱼啊，对不起。"

好了，他对自己说。检查一下绑刀的绳子吧，看看断没断。然后调理好你的手,因为还有麻烦事要来。

"我要是有磨刀石就好了,"老人检查了绑在桨把上的绳子后说,"我真应该带块磨刀石来。"你应该带很多东西,他想。可是你没带,老头儿。现在不是考虑你缺少什么东西的时候。要想想利用现有的东西能干什么。

"你①给我提了很多好建议,"他说出声来,"我都厌烦了。"

小船前行时,他用胳膊夹住舵柄,把两只手都浸到海水里。

"上帝知道,那条后走的铲鼻鲨撕了多少肉,"他说,"可是船现在轻快多了。"他不愿去想枪鱼已被毁损的下半身。他知道每次铲鼻鲨上下晃动时就有枪鱼肉被撕走,现在枪鱼已在海上给所有的鲨鱼留下了一道宽似公路的血迹。

这是条大鱼,够一个人吃一冬的,他想。别想这个了。休息一下,尽量把你的手护理好,准备保护剩下的鱼肉吧。现在水里有那么多血腥气,我手上的血腥味已经不算什么了。再说我的手也不怎么流血了。没有要紧的伤口。左手流点血也许就不会抽筋了。

---

①指老人内心的声音。

他想，我现在能想什么呢？没有什么可想的。我什么都不能想，就等下一拨鲨鱼来。我希望这真是个梦，他想。可是谁知道呢？也许结果会不错的。

随后游过来的是一条单个的铲鼻鲨。它扑过来，活像一只猪扑向食槽，如果猪有那么大的嘴能让你把头放进去的话。老人任它攻击枪鱼，然后把桨上绑的刀戳进它的脑子。可是它翻滚着向后猛晃，刀片"啪"的一声断了。

老人全神贯注地掌舵。他甚至没看这条大鲨鱼慢慢潜下水的过程：起初露出全身，然后变小，然后只剩一点点。平时这种景象总会让老人着迷。但现在他连看都不看。

"我有手钩，"他说，"可是它派不上用场。我有两支桨，还有舵柄和短棍。"

现在它们已经打败了我，他想。我太老了，没能打死鲨鱼。可是只要我有桨、短棍和舵柄，我还要试一试。

他再次把两手浸在海水里。时间已近傍晚，除了海洋和天空以外，他什么都看不见。天上的风比先前大了，没多久他就有希望见到陆地了。

"你累了，老头子，"他说，"你心里累了。"

即将日落时，鲨鱼才又来袭击他。

老人看见褐色鱼鳍沿着那道肯定是枪鱼留下的宽阔腥迹游过来了。它们甚至没在泛着血腥味的水面梭巡。

它们并排着径直游向小船。

他把舵柄嵌进舵杆，拉紧帆脚索，又伸手到船艄下取短棍。这短棍实际上是从一根断木桨上锯下的桨把，大约两英尺五英寸长。由于桨把上有手柄，他用一只手操作短棍才得劲。他一面看着鲨鱼过来，一面用右手紧紧握住短棍。过来的两条都是galanos。

我必须让第一条咬住枪鱼，然后打它的鼻尖，或直接打它的头顶，他想。

两条铲鼻鲨聚拢过来。他看见离他最近的那条张开上下颌嵌入枪鱼的银白色侧腹，他便高举短棍，朝着它宽阔的头顶猛击。短棍落下时，他感觉鲨鱼头像橡胶似的厚实。可是他也感觉到了鲨鱼骨的坚硬。他趁着铲鼻鲨离开枪鱼往下溜时，更猛地打它的鼻尖。

另一条铲鼻鲨一直在游来游去，现在又张开上下颌扑过来。当它撞到枪鱼并闭上颌部时，老人看见从它的颌角喷出几片白花花的枪鱼肉。他抡起短棍，只打它的头。铲鼻鲨看着他，猛地一扎，撕下一块鱼肉。当它溜到一边吞吃鱼肉时，老人又抡棒猛击，只打着了它如橡胶般厚重的头。

"来吧，galanos，"老人说，"再过来呀。"

这条铲鼻鲨急速游过来，老人趁它闭上颌部时又打它。他尽可能把木棒举得很高,着着实实打下去。这一次他感觉到了鲨脑底部的骨头,又朝同一个位置打,而铲鼻鲨则迟缓地扯下一块枪鱼肉,溜下水去了。

老人观察着,等着它再来,可是两条铲鼻鲨都没出现。然后他看见其中一条在水面上转着圈子游。他没看见另一条的鳍。

我不能指望把它们杀死,他想。我年轻时倒是可以。但我已经把它们两个伤得很厉害了,它们谁都好受不了。如果刚才我能两手拿棒球棒的话,肯定能杀死第一条铲鼻鲨。就是现在也能,他想。

他不想看枪鱼。他知道半条鱼身已经毁掉了。在他与那两条鲨鱼搏斗的时候,太阳已经落海。

"天很快就要黑了,"他说,"然后我应该看见哈瓦那的亮光。如果我往紧东边走,会看见一处新沙滩的灯光。"

现在我离岸不会太远了,他想。我希望没人过分担心我。当然只有那小伙子会担心。可是我相信他会有信心的。很多年纪大些的渔夫会担心。很多别的人也会,他想。我住在一个很好的小镇里。

他再也不能跟枪鱼说话了,因为它被毁得太严重了。这时他脑子里出现了一个想法。

"半鱼啊,"他说,"先前的整鱼。我很抱歉我出海太远。我把咱俩都毁了。可是咱们杀了很多鲨鱼,你和我一起,还毁了很多条。老鱼啊,你一辈子杀了多少鲨鱼?你头上的标枪没白长啊。"

他喜欢想象这条鱼,它要是能随意游,会怎样对付鲨鱼呢?我真该砍下它的长嘴,用来和鲨鱼搏斗,他想。可是船上没有大斧头,而且那会儿刀也没了。

可是如果我真砍下鱼嘴,能把它绑在桨把上的话,那会是多好的武器啊。那咱们就可以一起跟它们斗了。如果它们今天夜里来,你怎么办?你能做什么?

"跟它们斗,"他说。"我要跟它们斗到死。"

可是在当前的黑暗里,看不见亮光,也没有灯光,只有风和船帆的持续拉力,他感觉自己大概已经死了。他把两手放在一起,抚摸掌心。手没有死,他只要张开手再合上就能感受到生命的疼痛。他往后靠上船艄,知道自己没有死。这是他的肩膀告诉他的。

我许诺过,如果我捕到这条枪鱼,我会念所有那些祈祷词,他想。可是我现在太累,不能念了。我最好是把麻袋拿过来披在肩上。

他躺在船艄,掌着舵并观察着,等待天际出现亮光。我有半条枪鱼,他想。也许我有运气把鱼的前半段带回去。我总该有点好运吧。不对,他说。你出海太远,折了你的好运。

"别傻了,"他说,"保持清醒,好好掌舵。你也许还有很大的好运呢。"

"我想买些好运,如果有地方卖的话。"他说。

他问自己,我能用什么买呢?我能用一把丢掉的鱼叉、一把断了的刀和两只满是伤痕的手买吗?

"你本来能的,"他说,"你先前试着用出海的八十四天来买。他们也差一点卖给了你。"

我不能胡思乱想,他想。好运来的时候有多种形式,谁能认得出来?我倒是想要点好运,任何形式的都行,并愿意按他们的要求付钱。我希望看见灯火的微光,他想。我希望的事太多了。但这就是我现在希望的。他尽量躺得舒服些,以便掌舵,他通过感受自己的疼痛知道自己没有死。

他看见了水中映出的哈瓦那市的灯光,那一定是晚上十点左右。起初那些灯光只是依稀可见,像月亮升起前的天光。随后灯光变得稳定可见,在不断加大的风中,隔着波浪起伏的大海都能看得见。他引船驶进那亮光的范围之内。他想,用不了多久,他一定会驶到湾流的边缘。

现在一切都完了,他想。它们还可能来袭击我,可是一个人没有武器,怎能在黑暗中和它们搏斗呢?

　　他的身体僵硬、酸疼。在凉飕飕的夜风中,他身上所有的伤口和所有紧张用过力的部位都很疼。我希望不用再搏斗了,他想。我多么希望不用再搏斗了。

　　可是快到午夜时他又搏斗了,这次他知道搏斗是徒劳的。鲨鱼成群袭来,他只看得见它们的鳍在水中划过的波纹和它们扑向枪鱼时闪现的磷光。他用短棍打它们的头,听见它们颌部发出的咔嚓声以及它们在水下咬枪鱼时晃动小船的声音。他只能凭自己的感觉和听觉胡乱击打鲨鱼。他觉得有什么东西在拽短棍,短棍随之消失了。

　　他从方向舵上扭下舵柄,两手握着击打,砍砸,一次次往下戳。可是现在鲨鱼群到了船头,它们一条接一条进攻,然后整群一起进攻。它们转身再过来时,把在水下泛微光的枪鱼肉一片片撕咬下来。

　　最后,一条鲨鱼过来攻击枪鱼头部,老人知道这下子完了。鲨鱼的颌部卡在厚重的枪鱼头里,无法挣脱,于是老人抡起舵柄,照着鲨鱼头的这个部位砸过去。他砸了一次、两次,又砸一次。他听见了舵柄断裂的声音,就用断掉的舵柄头猛击鲨鱼。他感到舵柄头扎进去了,知道它还锋利，于是又扎了一次。鲨鱼松开嘴，翻滚着离去。这是来袭的鲨鱼群里最后一条鲨鱼。这里再也没有它们可吃的肉了。

现在老人喘不上气来，感觉嘴里有一股怪味。是铜锈味和甜味。对这种味道，他有一刹那感到害怕。可是这味道并不浓。

他往大海里啐了一口唾沫，并说："给你吃，galanos。做梦去吧，梦见你杀死了一老人。"

他知道自己最后被打败了，而且无可补救。他回到船艄，发现已断成锯齿状的舵柄一端仍能顺当地嵌入方向舵的扁口，足以掌舵用。他把麻袋披到肩上，把小船重新领回航道。现在他轻松地航行，什么都不想，什么都感觉不到。他对一切都不关心了，只是尽可能熟练地、理智地把小船驶向家乡的港口。夜里鲨鱼袭击了枪鱼的残骸，正如有人会捡起餐桌上的面包渣。老人不去注意它们，除了掌舵，什么都不在意。他只注意到小船现在行驶得多么轻快，多么顺当，因为船边已没有重东西了。

她①挺好的，他想。她的状况不错，除了舵柄，别的部分没有受损。换个舵柄很容易。

———————————
①指小船。英语文化中常把船视为女性，用 she 指代。

他能觉出自己已驶入海流之中，他能看见沿海岸分布的几个海滨聚居区的灯光。他现在知道自己在哪里了，回家成了轻而易举的事。

　　不管怎么说，风是我们的朋友，他想。他又补充道：有的时候是。还有住着我们的朋友和敌人的大海。还有床，他想。床是我的朋友。只有床才是，他想。床将会成为伟大的物件。你被打败的时候，生活就轻松了，他想。我从来不知道生活有多么轻松。他想，是什么打败了你呢？

　　"什么都没有，"他说，"我出海太远了。"

　　他驶进小港口时，露台饭店的灯火已经熄灭，他知道大家都在睡觉。风力不断加大，现在刮得厉害了。然而港口却非常安静，他把船一直划到位于岩石下面的一小片卵石滩上。由于无人帮忙，他尽全力把船拽上去。他跨出来，把船牢牢地系在一块岩石上。

　　他卸下桅杆，卷起帆捆好。随后他扛起桅杆，开始往岸上爬。此时他才知道自己有多么累。他停下片刻，回头望去，借着街灯在水中的反光，看见枪鱼的巨大尾巴竖在船艄后面，拖出去很远。他看见枪鱼脊栓的白色赤裸线条和漆黑一团的带长吻的鱼头，两者之间空空荡荡，什么都没有。

他又开始往上爬，到了堤岸顶便倒下了。他横背着桅杆就地躺了一阵。他试图站起来，可是太困难了。他扛着桅杆坐在那里，望着大路。一只猫从路的远端经过，忙着去干自己的事，老人看着它。过后他只是望着大路。

最后他放下桅杆，站了起来。他拿起桅杆，扛上肩头，走上大路。沿途他坐下休息了五次才走到自己的棚屋。

在棚屋里，他把桅杆靠在墙上。他摸着黑找到一个水壶，喝了一口水。然后他躺到床上。他拉过毯子盖住肩膀，再盖住后背和腿，脸朝下趴在垫床的报纸上，两只胳膊向外伸直，手掌朝上。

第二天早晨，当小伙子往门里看的时候，他还在熟睡。风刮得那么大，漂网渔船不会出海了，小伙子睡了个懒觉，然后才像每天早晨那样来老人的棚屋。他看见老人在呼吸，随后又看见老人的两只手。他哭了起来。他悄悄地走出屋，去拿咖啡，一路上都在哭。

很多渔夫正围着老人的小船，观察船边绑的东西。一个渔夫站在水里，裤腿卷着，正用一根渔线测量鱼的骨架。

小伙子没往下走。他先前已去过那里，有一个渔夫正在替他照看这条船。

"他怎么样了？"一个渔夫喊道。

"在睡觉，"小伙子大声回应。他不在乎他们看见自己哭。"咱们都别打扰他。"

"它从鼻子到尾巴有十八英尺长。"丈量鱼的那个渔夫喊道。

"我相信。"小伙子说。

他走进露台饭店，要一罐咖啡。

"要热的，多放点牛奶和糖。"

"还要什么？"

"不要了。过后我再看他能吃什么。"

"那鱼真大啊，"饭店老板说，"从来没有过这样的鱼。你昨天捕的两条也是好鱼。"

"我的鱼见鬼去吧。"小伙子说，他又哭起来了。

"你想喝点儿饮料吗？"老板问。

"不想，"小伙子说，"告诉他们别去麻烦圣地亚哥。我一会儿回来。"

"告诉他，我替他难过。"

"谢谢。"小伙子说。

小伙子端着那罐热咖啡往坡上走，回到老人的棚屋。他坐在老人身旁，直到他醒来。有一次老人看着好像醒了，可是又沉睡过去，因此小伙子只得穿过大路去借木柴,好给他热咖啡。

老人终于醒了。

"别坐起来,"小伙子说,"把这个喝下去。"他把咖啡倒进一个玻璃杯里。

老人拿起杯子喝了下去。

"马诺林,它们把我打败了,"他说,"它们真的把我打败了。"

"它没打败你。那条枪鱼没打败你。"

"没有。确实没有。我说的是后来的事。"

"佩德利科在照看你的船和渔具。你想怎么处理那个鱼头?"

"让佩德利科把它砍下来,当捕鱼的诱饵吧。"

"那个长标枪呢?"

"你如果想要就留着吧。"

"我想要,"小伙子说,"现在咱们必须计划别的事了。"

"他们找我了吗?"

"当然找了。海岸警卫队和飞机都出动了。"

"海很大,船很小,很难看见,"老人说。他注意到,有个人说说话多么快乐,不用只跟自己和大海说话了。"我想你了,"他说,"你捕到了什么?"

"第一天一条。第二天一条,第三天两条。"

“太好了。”

“咱们还一起捕鱼吧。”

“不行。我没有运气。我再也不会有好运了。”

“让运气见鬼去吧，”小伙子说，“我会带来好运的。”

“你家里人会怎么说？”

“我不在乎。昨天我捕到两条鱼。可是咱们要一起捕鱼了，因为我还有很多东西要学。”

“咱们必须弄一把杀鱼的标枪，时时放在船上。你可以用旧福特汽车的弹簧片做枪头。咱们可以到瓜纳瓦科阿①去打磨它。标枪头应该很锋利，回火②时不能把它处理到容易断的程度。我的小刀就断了。”

“我再搞一把小刀，把簧片送去磨。我们能有几天强brisa？”

“也许三天。也许还多。”

“我会把一切安排好的，”小伙子说。“你把手养好，老爷子。”

“我知道怎么护理手。昨天夜里，我吐出些很怪的东西，感觉胸口有什么东西破了。”

“把这毛病也治好，”小伙子说。“躺下吧，老爷子，我

---

①古巴中西部哈瓦那省一城市。
②一种金属热处理工艺。

会把你的干净衬衣拿来。还拿些吃的来。"

"带一张我出海期间的报纸来。"老人说。

"你必须尽快养好,因为我有很多东西能学,你可以把什么都教给我。你吃了多少苦头?"

"很多。"老人说。

"我会把饭和报纸都拿来的,"小伙子说,"好好休息吧,老爷子。我要去药店给你拿点治手的药。"

"别忘了告诉佩德里科,鱼头归他了。"

"不会忘。我记住了。"

小伙子出门走下破损的珊瑚石大路时又哭了。

那天下午,露台饭店里来了一群游客。一个女子看着下面满是空啤酒罐和死梭鱼的水面,她看见了一根很长的巨大白色脊椎骨,一端有巨大的鱼尾,正随着海潮起伏摇曳;当时港口外刮着东风,大海波涛汹涌,持续不断。

"那是什么?"她问一个侍者,并指着那条大鱼的长长的脊椎,现在那骨架只不过是等着被潮水冲走的垃圾。

"Tiburon①,"侍者说,"Eshark②。"他是想解释先前发

---

①Tiburon,西班牙语,意为"鲨鱼"。
②Eshark,侍者用英语表达"鲨鱼"时的不正确发音。他按照西班牙语的发音习惯在 shark 前加了 e。

生的事。

"我以前不知道鲨鱼有形状这么漂亮的尾巴。"

"我也不知道。"她的男伴说。

在大路另一头，棚屋里，老人又在睡觉。他仍然脸朝下趴着睡，小伙子坐在他身边守护着他。老人正梦见那群狮子。

本书根据查尔斯·斯克里布纳之子出版公司 1952 年版本译出。

乞力马扎罗的雪

乞力马扎罗山①是一座海拔一万九千七百一十英尺的终年积雪的高山，据说是非洲最高的山。其西峰被马赛人②命名为"恩嘎杰—恩嘎伊"，意为"天神的住所"。在西峰近旁，有一具风干冰冻的豹子遗骸。这只豹子去那么高的地方寻求什么，迄今无人能够解释。

---

①乞力马扎罗山，非洲东部坦桑尼亚境内的火山，邻近肯尼亚边界。

②马赛人(Masai)，系东非一游牧狩猎民族，生活在坦桑尼亚和肯尼亚的东非大裂谷一带，信仰太阳神。

"奇怪的是，它不疼，"他说，"刚开始的时候，你就是这种感觉。"

　　"真的吗？"

　　"确实这样。可是很抱歉，我身上有股难闻的味儿。这味儿一定让你受不了啦。"

　　"别这么说！请别这么说。"

　　"你看看它们，"他说，"把它们吸引过去的是美景呢，还是香气？"

　　这个男人躺的帆布床放在一棵金合欢树的宽大树荫下。他往外看，目光扫过树荫，落到明晃晃的平原上，那里蹲伏着三只令人生厌的大鸟，天上还有十几只大鸟掠过，投下快速移动的影子。

　　"从卡车抛锚那天起，它们就在那边飞，"他说，"今天是第一次落地。起先我还很仔细地观察它们飞掠的样子，想着我什么时候写小说就能用上。现在想来很可笑。"

　　"我希望你别写。"她说。

"我只是说说而已，"他说，"我要是跟人说说话，就好受多了。可是我不想给你添麻烦。"

"你是知道的，这没给我添麻烦，"她说，"我那么紧张，是因为我无能为力。我想咱们可以尽量放松点儿，等到飞机来。"

"或者等到飞机不来。"

"请告诉我，我能做点什么。一定有我能做的事。"

"你可以把这条腿锯下去，也许能阻止它蔓延，但我怀疑这一点。要不然，你可以开枪打死我。你现在是个好枪手了。我教过你射击，对吧？"

"请别这么说话。我能给你读点什么吗？"

"读什么？"

"书包里咱们没读过的书呀，哪本都行。"

"我不能听那个，"他说，"谈话最容易了。咱们吵吵架，时间就过去了。"

"我不吵架。我从来不想吵架。咱们别再吵了。不管咱们多么紧张。也许今天他们会再开一辆卡车回来。也许飞机会来。"

"我不想挪动了，"男人说，"现在转移已经没意义了，只不过能让你心里好受点罢了。"

"那是怯懦的想法。"

"你难道不能别骂人，让一个男人死得尽量轻松点吗？骂我有什么用？"

"你不会死的。"

"别傻了。我快要死了。你问问那些杂种。"他望了望那些蹲伏着的污秽大鸟，它们的秃头缩在耸起的羽毛里。第四只大鸟滑翔下来，先是快步跑，然后慢慢摇摆着走向那三只鸟。

"每个露营地周围都有这种鸟。你从来没注意过它们。如果你不自暴自弃，你就不会死。"

"你这是从哪儿读到的？你是这样一个倒霉的傻瓜。"

"你能不能想想别人？"

"看在耶稣基督的份上，"他说，"这一直是我的行当嘛。"

他躺着，安静了一会儿，然后透过平原上闪动的热气望着灌木林的边缘。那里有几只汤姆森瞪羚①，在黄色的背景下显得很小，很白。他往远处望去，看见一群斑马，在绿色灌木林的衬托下也显得很白。这个营地环境宜人，在几棵大树覆盖之下，后面有一座小山，有良好的水源，而且靠近一个几近干涸的水穴，每天早晨都有成

---

①汤姆森瞪羚，又称"汤氏瞪羚"，一种很有名的羚，生活在非洲，特别是肯尼亚和坦桑尼亚境内，以英国苏格兰地质学家、博物学家和探险家约瑟夫·汤姆森(Joseph Thomson 1858—1895)的名字命名。

群的沙鸡飞到水穴来。

"你不要我给你读书吗？"她问。她坐在他床边的一把帆布椅上。"现在起风了。"

"不要,谢谢你。"

"也许卡车会来的。"

"我根本不在乎卡车。"

"我在乎。"

"你在乎那么多我不在乎的事。"

"没有那么多,哈里。"

"喝点酒怎么样？"

"按说那对你不好。布莱克书①里说,不要喝任何含酒精的饮料。你不应该喝酒。"

"莫洛！"他喊道。

"是,先生。"

"拿些加苏打水的威士忌来。"

"是,先生。"

"你不应该喝酒,"她说,"我说的'自暴自弃',就指这个。书上说酒对你不好。我也认为酒对你不好。"

"不对,"他说,"酒对我有好处。"

---

①布莱克书,似指布莱克出版社(A & C Black Publishers)出版的医学书。

这么说，现在一切都完了，他想。这么说，他将永远没有机会做完自己的事了。这么说，为了喝酒而争吵，这就是生命结束的方式。自从他的右腿长了坏疽以来，他一直不觉得疼，恐惧也就随之消失了，现在他只是觉得极度厌倦，还很气愤——这竟然是生命的终点。对于即将到来的这个结局，他已不怎么好奇了。多年来，这一结局总是萦绕在他心头；可是现在，它本身已没有任何意义了。很奇怪，你厌倦够了，它就会变得轻而易举了。

现在，那些他留着以后再写的事，那些他想等自己了解得够多并能写好时再写的事，他永远不会写了。不过，他也用不着为写那些事而经历失败了。也许你根本就写不出来，也许这就是你一再拖延、一再推迟的原因。唉，他将永远无法知道了。

"咱们要是不到这儿来就好了，"女人说。她端着玻璃杯，咬着嘴唇看着他。"你要是在巴黎，绝不会得这样的病。你过去总说你喜欢巴黎。我们本来可以待在巴黎，或者去别的什么地方。我宁愿去别的什么地方。我说过，我愿意去你想去的任何地方。如果你想射击，咱们本来可以去匈牙利打猎，会很舒服的。"

"你那些倒霉的钱。"他说。

"这不公平，"她说，"那些钱是我的，也一直是你的。

我丢下了一切,去了你想去的地方,干了你想干的事。可是我真希望咱们没来这里。"

"你说过你喜欢这里。"

"你身体好的时候我是说过。可是现在我恨这个地方。我不明白你的腿为什么会出问题。我们干了什么事,招来这样的祸?"

"我想,我干的事是:腿刚刮伤时,我忘了涂碘酒。过后我根本没在意这个伤口,因为我从来没感染过。后来伤口溃烂时,大概是因为我涂了那种低浓度的碳酸溶液,抑制了毛细血管的舒缩,才开始生坏疽的,当时其他抗菌剂都用完了。"他看着她,"还有别的吗?"

"我指的不是这个。"

"要是我们雇的司机不是一个没头脑的基库尤人①,而是一个优秀的技师,他会事先检查汽油量,也不至于烧坏卡车的轴承。"

"我指的不是这个。"

"要是你没离开你自己的人——你那些老威斯特伯里、萨拉托加和棕榈滩②的倒霉熟人,而挑上我——"

---

①基库尤人,非洲班图人的一支,居住在肯尼亚高原。
②老威斯特伯里,系美国纽约州一村庄,为有名的富人居住地。萨拉托加,系美国加利福尼亚州一城市。棕榈滩,系美国佛罗里达州一城镇。

114

"怎么啦,我爱上你啦。你这话不公平。我现在爱你。我会永远爱你。你难道不爱我吗?"

"不爱,"男人说,"我不爱。我从来没爱过你。"

"哈里,你说的什么话?你昏头了吧?"

"没有。我没有头可昏。"

"你别喝那酒啦,"她说,"亲爱的,请你别喝那酒啦。我们得做一切能做的事。"

"你做去吧,"他说,"我累了。"

他的脑海里浮现出卡拉加奇①的一个火车站,他看见自己背着背包站在那里。辛普龙—东方快车②的前灯正划破黑暗。那时正值撤退之后,他要离开色雷斯③。这是他打算留着以后写的一件事。还有一件事:清晨吃早餐时,南森④的女秘书向窗外眺望,看见保加利亚那边山上有积雪,于是问南森老先生

①卡拉加奇,土耳其西海岸一城市。
②辛普龙—东方快车,从法国巴黎开往土耳其君士坦丁堡(即现在的伊斯坦布尔)的快速列车。
③色雷斯,欧洲东南部一地域,包括希腊的一部分、保加利亚南部和土耳其地处的欧洲部分。1922 年曾是希腊人与土耳其人战斗的战场。
④南森(Fridtj of Nansen 1861—1930),挪威的北极探险家、海洋学家和政治活动家。第一次世界大战后曾参加国际联盟的工作。担任难民事务高级专员,曾主持希腊和土耳其之间的"人口交换"工作,即让土耳其的基督教徒移居希腊,让希腊的穆斯林移居土耳其,以解决民族矛盾。

那是不是雪。老先生看了看便说：那不是雪。离下雪还早呢。女秘书对其他姑娘重复了他的话：那不是雪，你们明白吗？那不是雪。她们大家都说：那不是雪，我们看错了。但那确实是雪，南森制订好"交换人口"计划后就派她们踩着那雪上路了。那年冬天她们在积雪中跋涉至死。

那年在高厄塔尔山①上，圣诞节的整个星期都下雪。他们那时住在伐木工的房子里，一个方形大瓷炉占了半间屋子，他们睡在用山毛榉树叶填充的垫子上。那次来了一个逃兵，他从雪中走来，两只脚淌着鲜血。他说有警察跟踪，于是他们给他穿上毛袜子，还跟那些宪兵聊个没完，直到纷纷扬扬的大雪掩盖了他来时的足迹。

在希伦兹②，圣诞节那天，你从酒馆往外张望，看见大家正从教堂回家，那时的雪是那么明亮，刺痛了你的眼睛。就是在那个地方，他们扛着沉重的滑雪板，走上被雪橇轧平的尿黄色大路。那条路沿河伸展，两边是松林覆盖的陡峭小山。也就是在那个地方，他们从位于"马德利纳之家"旅馆上方的一条

---

①高厄塔尔山，在奥地利的福拉贝尔格省。
②希伦兹，奥地利西部阿尔卑斯山一滑雪度假地。

116

冰川滑雪直下，那雪看上去像蛋糕上的糖霜一样平滑，又像粉末一样轻柔。他记得那无声的速滑，你就像小鸟一样腾空飞落。

那次他们有一个星期被暴风雪困在"马德利纳之家"，他们在提灯的光照下在烟雾中玩牌。连特先生输得越多，下的赌注越大。最后连特先生输光了，把滑雪学校的钱、本滑雪季的全部收益甚至本钱全输掉了。他能看见长鼻子连特先生拿起牌张开手说"Sans Voir"①的样子。当时人们总是赌博。不下雪时赌，雪下多了也赌。他想起他一生中在赌博上花了多少时间。

可是这件事他连一行都没写过。还有一件事也没写：圣诞节那天，天气寒冷而明媚，横亘在平原上的山峦清晰可见；巴克驾机穿越一道道防线去轰炸奥地利军官的休假列车，并在他们四散逃跑时用机关枪扫射。他记得事后巴克走进食堂，讲起这事。食堂变得那么安静，然后有个人说："你他妈的杀人杂种。"

他们那时杀死的奥地利人跟后来和他一起滑雪的奥地利人是一拨的。不对，不是一拨的。那年跟他

---

① Sans Voir，法语，意为"不看"，即不看牌便下赌注。

一起滑了一整年雪的汉斯,以前是在"国王—猎手"军团①服役的。他和汉斯一起爬到锯木厂上方的小山谷去打野兔时,谈论过帕苏比奥山②的战斗以及进攻波蒂卡拉和阿萨洛尼③的情况。关于这些他只字未写。他也没写过有关科罗纳山或赛蒂格木尼台地或阿西埃若④的事。

他在福拉贝尔格和阿尔贝格⑤住了几个冬天呢?有四个冬天。随后他记起他们散步到布卢登茨⑥去买礼品时遇见的那个狐狸贩子,记起优质烈酒散发出的樱桃核味,记起在覆盖着雪壳的粉末状浮雪中疾速滑行的情景。当时你一边唱着"嗨!嗬!罗利说!"⑦一边滑过最后一段坡道来到陡峭的山崖,径直冲了下去,然后在果园里绕了三个弯子,

①"国王—猎手"军团,第一次世界大战中奥地利步兵的一支精英部队。
②帕苏比奥山(Pasubio),意大利东北部一山峰。
③波蒂卡拉(Perticara),意大利南部波坦察市一山区。阿萨洛尼(Asalone),意大利东北部威内托大区的一座山。两地均为1917—1918年意大利抵抗奥地利入侵的战场。
④科罗纳山(Monte Corono,即 Monte Corona),意大利翁布里亚区的一座山,第二次世界大战时曾有一次战役在该地进行。赛蒂格木尼台地(Setti Commini,即 Sette Comuni),位于意大利维琴察省。阿西埃若(Arsiero),意大利维琴察省一小城。
⑤福拉贝尔格(Vorarlberg),奥地利西部一州。阿尔贝格(Arlberg),奥地利西部蒂罗尔州一乡村。两地均为冬季度假胜地。
⑥布卢登茨(Bludenz),奥地利福拉尔贝格州一区,游览胜地。
⑦"嗨!嗬!罗利说!"出自爱尔兰传统民歌《青蛙的婚礼》。

滑出果园,穿过沟渠,滑上小旅店后面那条结了冰的大路。你敲松绑带,踢掉滑雪板,把它们立着靠在旅店的木板墙上。灯光从窗子里透出来,在屋里,在弥漫着烟雾和新酒醇香的温暖之中,他们在弹手风琴。

“我们在巴黎时住在哪儿?”他问女人。那女人正坐在他旁边的一把帆布椅上,现在,在非洲。

“住在克里荣旅馆,你是知道的。”

“我为什么知道?”

“咱们一直都住在那儿。”

“不对。不是一直住那儿。”

“就是那儿,还住过圣日耳曼区的亨利四世旅馆。你说过你喜爱那个地方。”

“爱是个粪堆,”哈里说,“我就是一只爬到粪堆上打鸣的公鸡。”

“如果你不得不离开的话,”她说,“你真有必要毁掉你留下的一切吗?我是说,你一定要把一切都带走吗?你一定要杀死你的马、杀死你的妻子、烧掉你的鞍具和你的盔甲吗?”

“有必要,”他说,“你那些倒霉的钱是我的盔甲。我

119

的斯威夫特和我的阿穆尔。"[1]

"别这么说话。"

"好吧。不说这个了。我不想伤害你。"

"现在说这话有点晚了。"

"那好吧。我就继续伤害你。那更有趣。我真正喜欢跟你做的只有一件事,现在却不能做了。"

"不对,这不是实话。你曾经喜欢做很多事,你想做的每一件事我都做了。"

"哎呀,看在耶稣基督的份上,别自我吹嘘了,行吗?"

他朝她看了看,看见她在哭。

"你听着,"他说,"你认为这样吵好玩吗?我不知道自己为什么要这样做。我想,这是试图毁掉一切,好让你自己活下去。我们刚开始谈话的时候我还好好的。我并没想开始争吵。现在我使劲对你说狠话,简直蠢透了。亲爱的,别在意我的话。我爱你,真的。你知道我爱你。我从来没有像爱你这样爱过别的女人。"

---

[1] 这两句话的原文为:Your damned money was my armour. My Swift and my Armour.作者利用 amour 一词押韵,并作双关语。armour 意为"盔甲",同时又是姓氏(译为"阿穆尔")。Swift 在此处也是姓氏(译为"斯威夫特")。斯威夫特和阿穆尔这两个家族从 1875 年起在美国芝加哥经营肉类保藏工厂,后来两厂合并为"斯威夫特与阿穆尔"公司,直至 20 世纪六七十年代。作者调侃地提到这两个富豪家族,颇有深意。

他不知不觉地说出了他借以维持生计的那个熟悉的谎言。

"你对我真好。"

"你这个娘儿们,"他说,"你这个有钱的娘儿们。那是诗歌。现在我心里全是诗歌。腐烂和诗歌。腐烂的诗歌。"

"别说了,哈里,你现在为什么要像个魔鬼呢?"

"我不喜欢留下任何东西,"男人说,"我不喜欢在身后留下任何东西。"

……

现在是傍晚,他一直在睡觉。太阳已落山,阴影笼罩着整个平原,一些小动物在离营地很近的地方觅食,它们的头快速地点着,尾巴摇来摆去。他看着它们远远地躲开了灌木林。那些大鸟已不在地上等候。它们都栖息在一棵树上,沉甸甸地压着树枝。它们的数量增多了。他的私人男仆坐在他的床旁。

"夫人打猎去了,"仆人说,"先生要吗?"

"什么都不要。"

她打猎去了,想搞一点肉来,而且她知道他是多么喜欢看打猎，因此有意走得很远，以免搅扰他目光所及的这一小片平地的宁静。她总是考虑得很周到，他想。对于她知道的、或读到的、或听到的任何事，她都想得很多。

他投靠她时，他已经完了，这不是她的过错。一个女人怎么能知道你说的不是真心话，怎么能知道你那样说只不过是出于习惯或者是为了宽心？从那以后，他再也不说真心话了，他的谎言比他以前说的真话对女人更有效。

与其说他撒谎，不如说他没有真话可讲。他有过自己的生活，但已完结，于是他跟别的更有钱的人重新生活，去同样的地方享用最好的东西，也去一些新地方。

你不让自己思考，这很了不起。你的心理很健全，因此没像多数人那样崩溃。你采取了一种态度：你既然不再做过去的工作了，你就一点儿都不在乎它了。可是在内心里你却说，我要写这些人，写这些很有钱的人；你说，你其实不是他们中的一员，而是一个住在他们国度里的间谍；你说，你要离开这个国度，然后写它，那么它将第一次由一个了解内情的人来写。可是他永远写不成了，因为他每天不写作，过着舒适的生活，扮演着他所鄙视的角色，这一切消磨了他的能力，松懈了他的创作意志,最后他什么都不干了。他不写作了,他现在认识的人就都安逸得多了。在一生中最好的时期,他在非洲生活时最感快乐,因此他远行到这里来重新开始。他们两人把这次游猎活动的舒适度控制到最小。倒说不上艰苦,但也不奢华。他曾想,这样他就能恢复到训练状态,在某种程度上,他就能给自己的灵魂减肥,就像拳击手为了减肥而到山里干活和训练一样。

她喜欢游猎。她说她喜爱这种活动。她喜爱一切激动人心的活动,一切涉及变换环境、结识新人、观看令人愉快的事物的活动。他产生了一种幻觉,似乎又有了创作的意志力。现在,如果这就是生命终结的方式(他知道是的),他绝不能像蛇那样因断了脊骨便回过头去啃咬自己。不是这个女人的错。即便不是她,也会有另一个女人。如果说他以前靠谎言活着,那他就应该努力靠谎言去死。他听见山后一声枪响。

她的枪法非常好,这个好娘儿们,有钱的娘儿们,这个仁慈的护理员和毁了他的天才的人。胡说八道。是他自己毁了自己的天才。他为什么要因为这个女人很好地照顾了他而责备她呢?他已经毁了自己的天才。由于不用它,由于多次背叛自己和自己的信仰,由于酗酒而磨钝了自己感知力的利刃,由于慵懒,由于怠惰,由于势利眼,由于傲慢与偏见,由于不择手段。这都是什么呀?是旧书目录吗?①他到底有什么天才呢?就算有天才,他也没利用,而是拿它做了交易。问题从来都不是他做了什么,而总是他能做什么。他决意不用钢笔或铅笔谋生,而是选择用其他手段。当他爱上另一个女人时,那女人总会比前一个女人更有钱,这也很奇怪,是不是?可是当他不再爱的时候,当他只是撒谎的时候,就像现在对这个女人这样——她是他的女人中最有钱的一个,她拥有所有的钱,她有过丈夫和孩子,她找过情人但对他们不满意,她非常爱他,把他看做作家、男子汉、伴侣和引以为豪的财产——当他根本不爱她并对她撒谎时,反倒比真爱她时能给予她更多,作为对她付出的金钱的报偿,这很奇怪。

我们大家从事什么职业,一定是上天注定的,他想。你的天才体现在你如何谋生上。他一生中都以这样那样的形式出卖自己的活力,当你不再过度专注情感的时候,你总会更看重金钱。他发现了这一点,可是他也永远不会写这个了。是啊,他不会写这个了,尽管这很

---

①"傲慢与偏见",借用了英国作家简·奥斯汀的小说《傲慢与偏见》的标题。"不择手段",原文为"by hook and by crook",来自成语"by hook or by crook"。英国作家 A. Novice 写的一首长诗就取名为《圣公会修士与他不择手段弄来的鱼》(1851)。所以作者说上面的话听起来像旧书目录。

值得写。

现在她出现了，正穿过那片林间空地向营地走来。她穿着马裤，扛着来复枪。两个仆人跟在她后面，用棍子抬着一只汤姆森瞪羚。她仍然是个好看的女人，他想，而且她有吸引人的身躯。她对床笫之乐极有天赋和鉴赏力，她并不漂亮，但他喜欢她的脸，她博览群书，喜欢骑马和射击，当然啦，她喝酒太多。她还相当年轻时，丈夫就死了。一段时间里，她把精力用于照顾两个刚长大的孩子；他们却不需要她，觉得在她身边很尴尬。她还把精力用于照料马厩里的马，用于读书，用于酗酒。她喜欢在傍晚正餐前阅读，一边看书一边喝加了苏打水的苏格兰威士忌。到用餐时她已有些醉了，吃饭时再喝上一瓶红酒，她通常就醉得睡着了。

那是她找情人之前的事。有了情人之后，她不喝那么多酒了，因为她用不着靠酗酒来入睡了。可是那些情人却让她厌烦。她曾经有过一个从不让她厌烦的丈夫，而那些情人让她烦透了。

后来她的一个孩子死于飞机失事。丧事过后，她不想要那些情人了。酒也不再是麻醉剂，她必须创造另一种生活。突然间，她对孤身独处感到十分恐惧。可是她想找一个值得她尊敬的人一起生活。

事情开始得很自然。她喜欢哈里写的书，并一直羡慕他的生活。她认为，他做的都是他想做的事。她追求他的步骤以及最终爱上他的方式，都是一个正规的发展过程的一部分；在这个发展过程中，她为自己建立起一种新的生活，而他则用自己昔日生活的残余做了交易。

他用它换取了安全，还有舒适，这是不可否认的。还换取了什么呢？他不知道。她愿意给他买他想要的任何东西。他知道这一点。她又是个很有魅力的女人。他像别人一样很快就愿意和她上床。他情愿跟她，因为她更有钱，因为她很讨人喜欢而且有欣赏力，还因为她从来不大吵大闹。现在，她重新建立起来的这种生活行将结束，因为两个星期前他在膝盖被荆棘扎破后没涂碘酒。当时他们正往前挪动，想给一群站着的非洲大羚羊拍照；那些大羚羊昂着头，眯着眼睛窥视着，鼻孔东闻西闻，耳朵张得很开，以便一听到响动立刻冲进灌木林。他还没拍照，它们就一溜烟地逃跑了。

现在她过来了。

他在帆布床上转过头看她。"你好，"他说。

"我打到一只公瞪羚，"她告诉他，"用它给你煮点好喝的汤，我要让他们碾些土豆泥，拌上克林姆奶粉。你感觉怎么样了？"

"好多了。"

"真是太好了。你知道吗,我刚才想你可能会好些。我走的时候你正在睡觉。"

"我睡了个好觉。你走得远吗?"

"不远。就在山后一带。我打那只瞪羚打得很准。"

"你知道吗,你的枪法很好。"

"我喜欢射击。我已经爱上非洲了。真的。你要是好好的,这就是我玩儿得最痛快的一次啦。你不知道跟你一起打猎多有意思。我已经爱上这个地方了。"

"我也是。"

"亲爱的,你不知道,看见你感觉好点了,我有多么高兴。你先前感觉不好的时候,我真受不了。你再也别那样跟我说话了,好吗?答应我行吗?"

"不啦,"他说,"我不记得我说了什么。"

"你用不着毁了我,是吧?我不过是一个爱你的中年女人,想做你想做的事。我一生中已经被毁过两三次了。你不想再毁我吧,是吗?"

"我想在床上毁你几次。"他说。

"可以,那是好的毁灭。上帝造了我们,就是让我们那样毁灭的。明天飞机就来了。"

"你怎么知道?"

"我能肯定。飞机一定要来的。仆人们已经准备好了木柴，还有烧浓烟用的野草。我今天又去那里看了一遍。飞机降落的场地很大，我们在两头布置好了烧浓烟的柴堆。"

"你根据什么认为飞机明天来？"

"我相信它会来。它早就该来了。等你到了城里，他们会治好你的腿，然后咱们再好好毁灭几次。但不是那种讨厌的谈话式毁灭。"

"我们能喝一杯吗？太阳下山了。"

"你认为你该喝吗？"

"我要喝一杯。"

"咱们一起喝一杯吧。莫洛，letti dui whiskey-soda！①"她喊道。

"你最好是穿上防蚊靴。"他告诉她。

"等我洗完了澡……"

他们趁着暮色一起喝酒。天即将变黑，光线已不适合射击了，就在这时，一只鬣狗②穿过空地往小山附近跑去。

---

①Letti dui whiskey-soda，意为"拿两杯加苏打水的威士忌来"。
②鬣狗，鬣狗科三种粗毛犬形食肉动物的统称，分布于非洲和亚洲，食腐肉。其中斑鬣狗分布在撒哈拉沙漠以南大部分地区，是最强健、最大胆的鬣狗，当食物缺乏时，会攻击睡着的人，并能叼走婴儿；叫声似悲号和笑声。

"那个杂种每天夜里都从那儿过，"男人说，"每天夜里都来，有两个星期了。"

"夜里叫的就是它。我倒不在乎，虽然它是一种讨厌的野兽。"

他们两人一起喝酒，他不感觉疼了，只是长时间一个姿势躺着很不舒服。仆人们烧起一堆篝火，光影在帐篷上跳动。他能感觉自己对这种愉快而又无奈的生活重又抱有默认顺应的态度。她很体贴他。他下午表现得很冷酷，有失公正。她是个优秀的女人，确实了不起。就在这时，他突然想起自己要死了。

这个念头迅疾而至，不像激流，也不像疾风，而是像一股突如其来的恶臭味，空虚缥缈。奇怪的是，那只鬣狗竟然轻轻地溜过它的边缘。

"怎么啦，哈里？"她问他。

"没什么，"他说，"你最好挪到另一边去。去上风那边。"

"莫洛给你换绷带了吗？"

"换了。我现在只敷硼酸软膏。"

"你感觉怎么样？"

"有点发抖。"

"我进去洗个澡，"她说，"我马上就出来。我要跟你一起吃饭,然后我们会把你的帆布床搬进帐篷。"

　　就这样,他对自己说,我们成功地停止了争吵。他跟这个女人从来没有大吵过,而跟爱过的其他女人则吵得很厉害,争吵渐渐产生影响,最后总是毁了他们共同拥有的一切。他爱得太甚,要求得太多,最后把一切全耗尽了。

　　他想起那次他在巴黎吵架后出走,独自一人待在君士坦丁堡的情景。那阵子他一直嫖娼,事后他仍无法摆脱孤独感,反而更觉孤独了。于是他给第一个情妇,也就是已离开他的那个女人写了一封信,告诉她自己如何无法摆脱那段情愫……他告诉她,有一次他觉得在摄政酒店外面看见了她,当时他是多么眩晕,心里多么难受;他告诉她,他会沿着林荫道跟踪一个有点像她的女人,又害怕看清楚那不是她,唯恐失去最初的那种感觉;他告诉她,每一个跟他同床共枕过的女人只能让他更想念她。他知道自己无法抑制对她的爱恋,因此她以前做过什么都不重要了。他在俱乐部里非常冷静地给她写下那封信,把信寄往纽约,并嘱咐她把回信寄到他在巴黎的办公室。那样似乎安全。那天夜里他是那么想她，心里难受极了，于是他漫步走过塔克西姆餐厅，搭讪上一个女郎，带她到外面吃晚饭。后来又带她去一个地方跳舞，她跳得很差，他就撇下她，去找一个性感的亚美尼亚荡妇，那女人跳舞时肚子贴着他摆动，几乎到了发烫的程度。他是在跟一个英国炮兵中尉吵了一架后把她抢过来的。那炮兵把他叫到外边，他们就摸着黑在铺着鹅卵石的街上打斗。他两拳直捣炮兵的下巴颏，看见炮兵没倒下，他知道要大打一场了。炮兵朝他身上猛击，随后击到他的眼角。他又挥左拳打下去，炮兵扑过来，揪住他的上衣，撕掉了一只袖子。他朝炮兵的耳后捣了两拳，然后一边推他，一边用右拳猛击。炮兵倒下时，头先碰地，于是他带着那女人逃跑了，因为他们听见宪兵来了。他们上了一辆出租车，沿着博斯普鲁斯海峡①驶到雷米利—希萨，转了一圈，又驶回凉爽的夜色之中。他们上了床，她看上去过分成熟，摸上去也一样，但是更柔滑，像玫瑰花瓣，像糖浆，腹部平滑，乳房高耸，臀部用不着垫枕头。他在她醒来之前，没等第一缕晨光让她显得粗俗邋遢，便离开了她。他出

---

①博斯普鲁斯海峡，沟通黑海和马尔马拉海的海峡，分割开了土耳其的亚洲部分与欧洲部分。

现在彼拉宫酒店,眼圈青肿,外衣拿在手里,因为少了一只袖子。

当天夜里,他离开君士坦丁堡去安纳托利亚①。在后半段旅途中,他回忆起自己曾经一整天骑着马穿过罂粟田,那罂粟是种来提炼鸦片用的,这最终让你感觉多么怪异。要去昔日的战场,似乎所有的路线距离都标示错了。他们曾在那里与新来的康斯坦丁②的军官们一起发动进攻。那些该死的军官什么都不懂,炮弹都打到队伍里了,那个英国观察员像小孩子一样哭了起来。

就是在那天,他平生第一次看见穿白色芭蕾舞裙子和带小绒球的翘头鞋的死人③。那些土耳其人先前笨拙地一拨接着一拨冲上来,他看见那些穿裙子的男人在跑,军官们向他们开枪,后来那些军官自己也跑了。他和那个英国观察员也逃跑了,直跑到他感觉胸痛而且嘴里满是硬币味才停下来。他们躲在几块大石头后面,土耳其人仍然像以往那样笨

①安纳托利亚,土耳其的大平原地区。第一次世界大战中,希腊与土耳其曾于1922年在那里战斗,希腊惨败。

②康斯坦丁,指希腊国王康斯坦丁一世(Constantine I, 1868—1923)。他曾执行反土耳其政策,1922年在安纳托利亚战役中遭到惨败。

③指第一次世界大战时穿这种制服的希腊军人。

拙地冲上来。后来，他看到了许多他从未想过的事，再后来，他看到了更糟糕的事。所以他那次回巴黎后，不能谈那段经历，也受不了别人提那段经历。他路过一家饭店，里面坐着那个美国诗人，他酷似土豆的脸上有一种蠢相，面前放着一大摞碟子，正跟一个罗马尼亚人谈达达主义运动①。那罗马尼亚人自称特里斯坦·查拉②，总是戴一副单眼镜，还总头疼。后来，他回到了与妻子居住的公寓，现在他又爱她了，争吵过去了，疯狂过去了，他很高兴回到家。他的办公室派人把他的邮件送到公寓来。于是一天早晨，他的第一个情妇给他写的回信放在大托盘上送来了。他看见上面的手写字体时浑身发冷，他想把这封信悄悄地塞到另一封信底下。可是他的妻子说："亲爱的，那封信是谁来的？"于是刚开始的事就这样结束了。

他记得与所有的情人一起度过的美好时光以及与她们的争吵。她们总是挑最美的地方和他争吵。

---

①达达主义运动，1916 年至 1922 年间在苏黎世、纽约、科伦、汉诺威和巴黎等城市兴起的一种虚无主义艺术运动。其思想根源是出于对第一次世界大战的绝望。该运动对 20 世纪艺术产生了深远影响。

②查拉（Tristan Tzara，1896—1963），罗马尼亚裔法国诗人和随笔作家，因发起达达主义运动而闻名。

她们为什么总在他最高兴的时候和他争吵呢？这事他一点儿都没写过。因为，首先，他从来不愿意伤害任何人；其次，他似乎有很多东西可写，用不着写这个。可是他总觉得自己最终会写的。可以写的东西总是很多。多年来他看着世界在变化，不仅仅是那些大事件；虽然他经历了其中很多大事件，并且观察了人们，可是他看到了更微妙的变化，他记得那些人在不同的时代有什么样的表现。他一直处于这种变化之中，并作了观察，因此有责任写下来。可是现在他永远不会写了。

"你感觉怎么样？"她问。她洗浴后已走出帐篷。

"很好。"

"你现在吃饭吗？"他看见莫洛拿着折叠桌跟在她后面，另一个仆人端着饭菜。

"我想写作。"他说。

"你应该喝点肉汤增强体力。"

"我今天夜里就要死了，"他说，"我不需要增强体力。"

"哈里，请你别夸大其词。"她说。

"你为什么不用鼻子闻一闻？我的腿烂了一半，都烂到大腿了。我喝肉汤还有屁用？莫洛，拿掺苏打水的威士忌来。"

"请喝肉汤吧。"她温柔地说。

"好吧。"

肉汤太烫。他只得端着杯子晾着,等够凉了再喝。过后,他把汤一口喝了下去,没感觉恶心。

"你是一个优秀的女人,"他说,"你别管我了。"

她看着他,她的脸与《马刺》和《城镇与乡村》杂志①呈现的她那张尽人皆知、人见人爱的脸相差无几,只不过因酗酒而稍显逊色,因贪恋床笫之乐而稍显憔悴,但是《城镇与乡村》从未展示过她那美好的乳房、有用的大腿和轻柔地抚摸你的后腰的小手。他看着她那尽人皆知的甜美笑容的时候,感觉死亡又来了。这一次它没有迅疾而至。它是一股气,像一缕让烛光摇曳、烛焰升高的清风。

"过一会儿可以叫他们把我的蚊帐拿到外面来,挂在这颗树上,把篝火烧起来。今天夜里我不打算进帐篷了。不值得挪动了。夜空很晴朗。不会下雨的。"

这么说,你就要这样在你听不见的细语声中死去了。好啦,不会再争吵了。他能保证。死亡这件唯一他没

---

① 《马刺》和《城镇与乡村》,均为面向上层社会富裕读者的杂志,后者于1846年在美国创刊。

体验过的事,他现在不打算毁掉。他有可能毁掉的。你已经毁了一切。可是也许他不会再毁了。

"你不会做听写吧,是吗?"

"我从来没学过。"她告诉他。

"没关系。"

当然啦,已经没有时间了,尽管你要写的东西似乎已经压缩了,如果你处理得当,只须写一个段落就能都包括进去。

　　湖畔的小山上有一所圆木房子,缝隙用砂浆嵌成白色。门旁的柱子上挂着一个铃铛,用于召唤人们进去吃饭。房子后面是田地,田地后面是用材林。一排塔白杨从这所房子延伸到码头。另有一些白杨树分布在岬角沿岸。一条大路沿着用材林的边缘通到山上,他就是沿着这条路采黑莓的。后来圆木房子被烧塌了,原先挂在壁炉上方的鹿脚架上的猎枪都被烧了。那些猎枪的枪托烧掉了,枪管连同熔化在弹仓里的铅弹后来被摆放在一大堆灰上。那些木灰原本用于制碱液,以便灌入大铁壶制肥皂。你问你的爷爷能否让你拿那些废枪管去玩,他说不行。你明白吗,它们还是他的猎枪,他没买过别的猎枪。

他再也不打猎了。人们在原地重建了那所房子,这次用的是木材,还刷了白漆。你从房子门廊可以看见那些白杨树以及树后方的湖泊。可是房子里再也没有猎枪了。早先挂在老圆木房的贴壁鹿脚架上的猎枪枪筒,仍摆放在那堆灰上,谁都不去碰它们。

战后,在黑林山①,我们租了一条有鳟鱼的小河,要步行到那里去有两条路可走。一条是从特里贝格②走下山谷,绕着两侧有林荫的白色山谷大路走,然后登上一条山坡小路,穿越几座小山,路过很多有黑林山式大房子的农场,直走到这条路跨过小河的地方。那就是我们钓鱼的地点。

另一条路是爬上陡峭的山坡,走到树林边缘,然后穿过松林,跨越几座小山的山顶,往外走到一片草场边缘,然后往下穿过草场,到达那座桥。河两岸有桦树,河虽不大,但狭窄、清澈、湍急,河水冲刷桦树根部形成了很多水潭。在特里贝格的旅馆,店主这一季生意很好。旅馆环境宜人,我们都成了很好的朋友。第二年发生了通货膨胀,他前一年赚的钱连购买重启旅馆用的物资都不够,于是他上吊

①黑林山,德国巴登—符腾堡州山区。
②特里贝格,德国巴登—符腾堡州一城市,濒临古塔赫河。

自杀了。

你可以口授这件事，但你无法口授护墙广场①的情景。在那里，鲜花贩子们当街染花，颜料水漫过公共汽车始发站的石板路面；老头们和妇女们总是醉醺醺的，因为喝了葡萄酒和劣质白兰地；孩子们在寒风中流着鼻涕；"业余者"饭馆里允斥着臭汗味，满是贫穷和酗酒的景象；大众舞厅②的妓女们就住在舞厅楼上。那个公寓女管家在自己的住处款待一个共和国卫队的骑兵，那顶装饰着马鬃的骑兵头盔就放在椅子上。住在大厅另一头的那个房客，她的丈夫是自行车运动员；那天早上她在乳品商店打开《赛车》报，高兴地看到丈夫在巴黎越野赛——他头一次参加的大赛——中得了第三名。她红着脸放声大笑，然后拿着那份黄色的体育报纸哭着走上楼去。经营大众舞厅的那个女人，她的丈夫开出租车；当他，哈里，必须乘早班飞机时，那位丈夫会敲他的房门叫醒他。出发前他们在酒吧的锌质吧台旁各喝了一杯干白葡萄酒。那时候他认识那个区的邻居，因为他们都很穷。

---

①护墙广场(Place Contrescarpe)，位于巴黎的工人住宅区。
②大众舞厅(Bal Musette)，系档次较低、用手风琴伴奏的舞厅。

在护墙广场周边地区有两类人：酒鬼和喜欢运动的人。酒鬼通过酗酒来排解贫困；喜欢运动的人则用外在的形式，靠体育运动来排解贫困。他们都是巴黎公社①支持者的后代，理解先辈的政治观点并不困难。他们知道是谁枪杀了他们的父兄和亲戚朋友：那个时候凡尔赛政府的军队打进来，继公社之后占领了这座城市，他们抓到的手上长茧或戴着有檐帽或显出劳动者迹象的人，都被处决了。在那种贫困当中，在马肉店和酿酒合作社所在的街道对面的那个区，他开始了自己的写作生涯。他从来没有像爱这个区那样爱过巴黎的其他区，那些向四方蔓延的树木，那些抹着白色灰泥、下部涂成棕色的老房子，那圆形广场上长长的绿色公共汽车，那石板路面上的紫色染花颜料，那条从山上陡然向塞纳河方向下倾的勒穆瓦纳枢机主教大街，另一头的穆夫达街及其狭窄而拥挤的小世界。那条往上通往先贤祠的街道，还有他常骑自行车走的另一条街，是这个区唯一铺了沥青路面的街道，车轮轧上去很平滑。路边有许多又高又窄的房子，还有一座很高的

---

① 巴黎公社,1871 年 3 月 18 日至 5 月 28 日反对法国凡尔赛政府的巴黎起义。

廉价旅馆，保罗·魏尔伦①就死在那里。他们住的公寓房只有两间屋子，因此他在那家旅馆的顶层租了一间屋，每月租金六十法郎，他就在那里写作。从那间屋子他能看见周围的房顶和烟囱上的陶质套管，还能看见巴黎所有的山峦。

从公寓房你只能看见卖木柴和煤炭的小贩的房子。那个小贩也卖酒，卖劣质葡萄酒。马肉店外面有金色马头标志，敞开的橱窗里挂着金黄色和红色的马肉。酿酒合作社的墙漆成绿色，他们常去那里买葡萄酒，那酒又好又便宜。除此之外全是涂着白色灰泥的墙壁和邻居家的窗户。夜里会有人喝醉酒躺在街上，在典型的法国式 ivresse②状态（人们要你相信这种状态不存在）中呻吟，这时那些邻居会打开窗户，窃窃私语。

"警察在哪儿？你用不着那家伙的时候，他倒是总在这儿。他正跟不知哪个公寓女管家睡觉呢。找 Agent③去。"直到有人从窗户泼下一桶水，呻吟才停

---

①保罗·魏尔伦(Paul Verlaine,1844—1896),法国最纯粹的抒情诗人之一,现代语词音乐的创始人,是从浪漫主义诗人过渡到象征主义的标志。

②Ivresse,法语,意为"醉酒"。由于法国人只喝葡萄酒和白兰地,不喝烈酒,他们常常声称他们不会真醉。

③Agent,法语,意为"警察"。

止。"那是什么？是水。啊，很聪明。"那些窗户都关上了。他的清洁工玛丽抱怨八小时工作制，她说："如果一个丈夫工作到六点，他在回家的路上只喝得有点醉，也不浪费太多钱。如果他只工作到五点，那他每天夜里都喝得烂醉，你就没钱了。缩短工作时间，受苦的是工人的妻子。"

"你不想再喝点肉汤吗？"女人现在问他。

"不喝了。非常感谢你。汤太好喝了。"

"再喝点吧。"

"我想喝一杯加苏打水的威士忌。"

"那对你不好。"

"是啊。那对我不好。科尔·波特作词作曲。我知道你要为我疯狂。①"

"你要知道，我喜欢让你喝酒。"

"是啊，只是那对我不好。"

他想，等她走开了，我会得到我想要的一切。不是我想要的一切，而是现有的一切。唉，他累了。太累了。他

①科尔·波特(Cole Porter, 1891—1964)，美国著名音乐家，擅长写流行歌曲和音乐剧。他写了一首歌，名为《那对我不好》，其中有这样两句："那对我不好，那对我不好，/ 我知道你要为我疯狂。"

要睡一小会儿。他躺着不动,死神没在那里。它一定是拐到另一条街去了。它化成一对一双,骑着自行车,静悄悄地行驶在铺着石板的马路上。

是啊,他从来没写过巴黎。没写过他喜欢的那个巴黎。但是他从来没写过的其他事情呢?

写写这些怎么样:那个牧场和银灰色的鼠尾草丛,灌溉渠中湍急清亮的流水,深绿的紫花苜蓿田。那条小路向上延伸进山里,牛群在夏季胆小如鹿。你在秋天把牛群赶下山时,哞哞叫声不绝于耳;它们慢慢走动,扬起一阵灰尘。在群山的后面,那座顶峰在暮光中轮廓清晰。你在月光下骑马沿小径下山,整个山谷都很明亮。现在他记起在黑暗中穿过那片用材林下山,看不见时就抓住马尾巴,以及他曾想写的所有的故事。

写写那个干杂活的没头脑的小伙子。那次让他留在牧场,告诉他不许任何人拿走干草。那个从福克斯来的老杂种停下来要弄点饲料。小伙子以前给他干过活,挨过他的打,现在小伙子不让拿,老头说还要打他。老头要进谷仓时,小伙子从厨房拿出步枪对他开枪。他们回到牧场时,老头已经死了一个

142

星期，尸体在牲口栏里冻了，已被狗吃掉了一部分。于是你把剩下的尸体放到一个雪橇上，用毯子裹上，用绳子系牢，你叫那小伙子帮你拉雪橇。你们两人穿着滑雪板把雪橇拉到大路上，往山下滑了六十英里到了镇上，为了把那小伙子交给警察。小伙子根本没想到自己会被逮捕。他以为他尽了职守，你是他的朋友，他会得到奖赏。他还帮忙把老头运过来，为的是让大家知道老头有多坏，是怎样试图偷别人的饲料的。镇上的治安官给小伙子戴手铐时，小伙子简直不能相信，然后就哭了起来。这就是他留着以后写的一个故事。他知道那个地方发生的至少二十个好故事，可他连一个都没写。为什么？

"你告诉他们为什么。"他说。

"什么为什么，亲爱的？"

"为什么没写。"

自从有了他，她就不喝那么多酒了。可他要是能活，却永远不会写她，他现在知道这一点了。他也不会写她们之中的任何人。富人很无聊，他们酗酒无度，或玩双陆棋无节制。他们无聊而且絮叨。他记得可怜的朱利安及其对富人的浪漫敬畏心情。他记得朱利安有一次如何写一个短篇小说的开头："很富的人与你我不同。"有人对朱利安说：是啊，他们更有钱。可是那句话对朱利安来说并不是幽默话。朱利安认为富人是一个特殊的有魅力的族群，当他发现他们并非如此时，这毁了他，正如其他东西毁了他一样①。

他一向鄙视那些毁了的人。你用不着因为你理解某事而喜欢它。他能战胜一切，他想，因为什么都伤害不了他，只要他不在乎。

好吧。现在他不会在乎死亡了。他一向害怕的是疼痛。他能像任何人那样忍受疼痛，除非疼痛持续得太久，把他拖垮。可是他在这里得了让他疼得要命的病，而正当他感到要被摧毁时，疼痛却停止了。

　　他记得很久以前那天夜里，投弹军官威廉逊穿过铁丝网回阵地时，被德国巡逻队士兵投出的一枚带柄手榴弹击中了，他尖叫着央求大家把他打死。他是个胖人，很勇敢，是个好军官，尽管喜欢很夸张地表现自己。可是那天夜里他被挂在铁丝网上，还

①这段中提到的朱利安及其短篇小说，暗指美国作家菲茨杰拉德 (F. Scott Fitzgerald, 1896—1940) 及其短篇小说《富家子弟》。海明威本想直接提菲茨杰拉德的名字，后接受编辑的建议，用"朱利安"代替。参见《诺顿美国文学选集》(*The Norton Anthology of American Literature*)（第 5 版）第 2 卷，第 1701 页，注释 8。

有照明弹照着，他的肠子流到了铁丝网上。他还活着，因此他们把他带过来时不得不割断他的肠子。开枪打死我吧，哈里。看在耶稣基督的分儿上，开枪打死我吧。先前他们曾有过一次争论，关于我们的天父从来不给你任何你不能承受的东西。有一个人的理论是：那意味着在某个时辰疼痛会让你自然昏迷。可是他永远记得那天夜里威廉逊的情况。什么都不能让威廉逊昏迷，直到他把自己留着用的所有吗啡片都给了他，而那些药并没有马上起作用。

到目前为止他还算轻松。如果病情不继续恶化，就没有什么可担心的了。只是他宁愿有更合适的人陪伴。

他想了想自己愿意让什么样的人陪伴。

没有，他想，当你做什么事都做得太久，做到太晚的时候，你不能指望人们还在。他们都走了。聚会散了，只留下你和女主人。

我对死亡越来越厌倦，正如对其他的一切，他想。

"它是烦人的东西。"他大声说。

"什么呀，我亲爱的？"

"你做得太他妈久的任何事。"

他看着坐在他和篝火之间的那个女人的脸。她正靠在椅子上，火光照亮了她那虽有皱纹但仍好看的脸，他看得出来她很困。他听见那只鬣狗在篝火范围之外叫。

"我一直在写作，"他说，"可是我累了。"

"你认为可以睡觉了吗？"

"当然可以。你为什么不去睡？"

"我喜欢跟你坐在这儿。"

"你感觉到什么奇怪的东西了吗？"他问她。

"没有。只是有点儿困。"

"我感觉到了。"他说。

他刚感觉到死神又来了。

"你知道，我唯一没失去的就是好奇心。"他对她说。

"你什么都没失去。你是我认识的最完美的人。"

"耶稣基督啊，"他说，"女人知道的东西多么少啊。那是什么？是你的直觉吗？"

因为就在那时，死神来了，它的头就靠在帆布床脚，他能闻到它喘的气。

"再也别信关于长柄大镰刀和骷髅头①的传说了，"他告诉她，"它可以随意变成两个骑自行车的警察，或一只鸟。它也可能有一个宽鼻子，像鬣狗那样。"

---

①长柄大镰刀和骷髅头，在欧洲中世纪的意象中，死神是一个披着长袍的骨架，只露出头骨，手拿长柄大镰刀，像割草一般把人除掉。

现在它已移到他身上，可是形状没有了。它只是占据空间。

"叫它走开。"

它没走，反而挪得更近了。

"你喘着粗气，"他告诉它，"你这个臭杂种。"

它挪得更近了，他无法对它说话；它看见他说不出话来，又挪近了一点儿。现在他试着默默地把它打发走，但是它挪到了他身上，把全部重量压在他的胸口上。它蹲伏在那里，而他既不能动，也不能说话。这时他听见那女人喊："现在先生睡着了。把床轻轻地搬起来，抬到帐篷里去。"

他不能说话，不能叫她赶走死神。死神仍然蹲伏着，压得更重了，弄得他无法呼吸。然后，当他们搬起帆布床时，它突然又正常了，压着他胸口的重量没有了。

现在是早晨，已破晓很久了，他听见了飞机的声音。那飞机显得很小，它兜了一个很大的圈子。两个仆人连忙跑出去，用煤油点起两堆火，往上面堆野草，这样一来，这片平地的两头各冒起一股浓烟，清晨的微风把烟吹向营地。飞机又盘旋了两圈，飞得较低，然后向下滑翔，再拉平，最后稳稳地着陆。朝着他走过来的是老康普顿，穿着便裤和粗花呢夹克，戴着棕色毡帽。

"你怎么了，老家伙？"康普顿说。

"腿坏了，"他告诉康普顿，"你吃点早餐好吗？"

"谢谢。我喝点茶就行。这是架'舟蛾'型飞机，你知道。我不能带上你的夫人。只有一个人的位置。你的卡车正在路上。"

海伦已把康普顿叫到一边，正在跟他说话。康普顿回来时显得比以往更快乐。

"我们马上把你抬上去，"他说，"我会回来接夫人的。我恐怕得在阿鲁沙城①停一下加点油。我们最好马上走。"

"那喝茶呢？"

"我对喝茶并不在意，你知道的。"

两个仆人已搬起帆布床，抬着它绕过绿色帐篷，沿着岩石往下走，进入平地，路过两个烧得明晃晃的烟火堆——由于有风扇火，上面堆的野草都烧尽了——最后来到小飞机前。他们费了很大的劲儿才把他搬进飞机，可是一旦进去了，他便躺到皮座椅上，把坏腿直伸到康普顿的座椅旁。康普顿发动了引擎，进入驾驶舱。他对海伦，也对仆人们挥了挥手。当咔嗒声逐渐变成人们熟悉的轰鸣声时，他们顺着两堆火之间的狭长地带颠簸着转

---

①阿鲁沙城(Arusha)，东非坦桑尼亚北部阿鲁沙区的首府。

起了圈子，康皮^①注意观察着疣猪的洞穴，飞机颠了最后一下便升空了。他看见他们都站在下面挥手，山边的营地已变得扁平，平原伸展开去，一丛丛树木和那灌木林都变得扁平；与此同时，野兽踩出的那些小径则平滑地伸向一个个干涸的水穴，那里有一处他从来不知道的新水源。斑马现在只剩下很小的圆脊背，牛羚则像大头的圆点，似乎在攀爬。它们正在穿越平原，队伍像几根长长的手指头，当飞机的影子朝向它们时，它们便四散而逃。现在它们很小了，动作也不像奔跑了。你极目望去，平原现在呈灰黄色。你的眼前是康皮的花呢夹克背影和棕色毡帽。随后它们飞过第一批小山，有牛羚在慢腾腾地爬山；然后飞过几座大山，山间有层层绿林覆盖的陡峭深谷和长满茂密竹林的山坡；然后飞过嵌入山峰和空谷的浓密森林；飞越过去之后，小山的坡度变缓了，然后又是一片平原。现在天气很热，平原变成紫棕色，飞机由于热空气的作用而颠簸，康皮回头察看了一下他在旅途中的情况。然后前面又是一座座黑压压的大山。

后来，他们没往阿鲁沙城飞，而是向左拐弯了，他据此推断他们有足够的汽油。他向下望去，看见粉红色的

①康皮，康普顿的昵称。

细碎絮状云飘在空中,接近地面,像突兀袭来的第一阵暴雪,他知道那是从南方飞来的蝗虫。然后他们开始爬升,似乎要去东方;随后天色变暗,他们进入暴风雨中,雨点是那么密集,就像穿过瀑布飞行;过后他们飞出了暴风雨。康皮回过头来咧着嘴笑,并用手指了指。他极目望去,就在前方,像全世界一样宽阔、巨大而高耸,在阳光中白得令人难以置信的,正是乞力马扎罗山的方形峰顶。他知道那就是他要去的地方。

就在那时,在夜间,那只鬣狗停止了呜咽,开始发出一种几乎像人啼哭的怪声。那女人听见了,不安地动了动。她没有醒。在梦中,她正在长岛①的家中,那是她的女儿第一次参加社交聚会的前夜。不知怎的,她的父亲在那里,他一直很粗暴。鬣狗叫得那么响,把她惊醒了,一刹那间她不知道自己在哪里,她很害怕。她立刻拿起手电筒,照另一张帆布床,那床是在哈里睡着之后抬进来的。她能看见他的躯体罩在带框架的蚊帐下面,但是他那条坏腿不知怎么是伸出来的,垂在床边。绷带全都脱落了,她不忍看那条腿。

"莫洛,"她喊道,"莫洛! 莫洛!"

---

①长岛,美国纽约州东南沿海一岛屿,在纽约市曼哈顿区以东。

她又叫："哈里,哈里!"然后她提高了嗓音:"哈里!请说话,哎呀,哈里!"

　　他没有回答,她听不见他的呼吸声。

　　在帐篷外,那只鬣狗发出怪声,跟刚才吵醒她的声音一样。可是她没听见,因为她的心在怦怦地跳。

　　此小说写于 1936 年。原文出自海明威著《第五纵队和首批四十九篇短篇小说》(The Fifth Column and the First Forty-nine Stories, 1938)。译者根据尼娜·贝姆(Nina Baym)主编的《诺顿美国文学选集》(The Norton Anthology of American Literature)第五版第二卷转载的该小说文本(第 1687 页至1704 页)译出。

译后记

厄内斯特·海明威（1899—1961）是 20 世纪美国著名作家，于 1954 年获得诺贝尔文学奖。他的长篇小说《老人与海》出版于 1952 年，是他认为自己"这一辈子所能写的最好的一部作品"①。

小说讲述古巴老渔夫圣地亚哥出海捕鱼的故事。老人因连续八十四天一无所获，遂在第八十五天独驾小帆船去远海捕鱼。经过两天半的努力，他终于捕到一条巨大的枪鱼。在带鱼返航途中，他的小帆船多次遭到鲨鱼群的袭击。老人历尽艰险，顽强搏斗，直至筋疲力尽，

①参见海明威《致华莱士·梅耶，瞭望农场，1952 年 3 月 4 日与 7 日》，董衡巽编选《海明威谈创作》，生活·读书·新知三联书店，1985 年版第 139 页。

最终把残存的巨大枪鱼骨架带回了渔港。作者用现实主义手法再现了大海的波澜壮阔和海鱼的机灵敏捷，生动地描绘了渔民的艰险生涯；另一方面，又用现代主义手法展现了主人公的内心独白，揭示出其丰富的内心世界。

《老人与海》可以有多种解读。简而言之，它既是一部描写个人捕鱼经历的小说，又是一则宣示人类命运的寓言。它讴歌了人类坚忍、坚毅、坚韧不拔的伟大精神。圣地亚哥老人说的"人生来不是为了被打败的"和"一个人可以被毁灭，但不能被打败"等话，已成为警世名言。老人在险恶的环境中坚持斗争，永不言败，表现出海明威所推崇的"硬汉"精神。正如海明威所言，"这本书描写一个人的能耐可以达到什么程度，描写人的灵魂的尊严，而又没把灵魂二字用大写字母标出来"①。

在海明威笔下，人与大自然是融为一体的。小说揭示了人与自然之间相生相克的关系。老渔夫终生与大海为伴，靠着大海的馈赠生存；而大海则变幻莫测，既非仁慈，又非邪恶，既能帮助人，又能毁灭人。老渔夫以捕鱼为生，把某些鱼类视为兄弟，但为了生计又必须捕杀它们。而鱼类在养活人的同时，为了生存也常置人于

①参见海明威《致华莱士·梅耶，瞭望农场，1952年3月4日与7日》，董衡巽编选《海明威谈创作》，生活·读书·新知三联书店，1985年版第143页。

153

死地。

这部小说以精练的语言和简明的句式叙述故事,重点在于展示,而不是讲解。这种独特的文风影响了后世的许多作家。瑞典文学院把诺贝尔文学奖授予海明威的理由就是:"因为他精通叙事艺术,这表现在他最近的作品《老人与海》中,也因为他对当代文学风格产生的影响。"[①] 寥寥数语,道出了海明威作品的巨大魅力。

短篇小说《乞力马扎罗的雪》也是海明威的一篇杰作,发表于 1936 年。故事讲述作家哈里在非洲游猎途中患重病而濒临死亡的故事。哈里参加过第一次世界大战,战后写作成名,但他贪图安逸,过起了奢靡的生活。这次他带妻子来非洲游猎,是想经受磨炼,彻底改变自己,开始新的生活。但不幸的是,他被困在丛林里,腿伤发展成坏疽,病情迅速恶化。海明威大量使用意识流技法,展现哈里异常活跃的思维。哈里回忆往事,反思自己的一生,后悔没能利用多年积累的素材创作更多的作品。在生命垂危之时,他面对失败仍思悔改,终于在梦幻中接近了乞力马扎罗山的顶峰——理想和事业高峰的象征。然而在现实中,死神却夺去了他的生命。哈里是第一次世界大战后美国"迷惘的一代"的典型形象。但他面

[①] 参见 "The Nobel Prize in Literature 1954".Nobelprize.org. July 24,2012. http://www.nobelprize.org/ nobel_prizes/literature/laureates/1954/。引文自译。

对死亡时没有恐惧，表现出了"压力下的风度"①。

海明威是我极为尊崇的作家。由于多年从事美国文学的教学与研究，我对上述两部作品十分熟悉，但是要进行翻译仍感到困难重重。一是因为这样的名著具有极其丰富的内涵；二是因为已有前辈翻译家的多个译本，很难有所突破。我决定从小说文本出发，细心研读，按照自己的理解来翻译，力求译出自己的特点。翻译过程中，在行文方面力求贴近原文风格，并用中国读者习惯的方式明晰地表达。涉及航海、渔业方面的词汇，尽量使用汉语中常见的说法来翻译。让我感到遗憾的是，限于现代汉语的规范，我只能用"它"字来指代被海明威描写得极富灵性的海鱼海鸟，无法充分传达作者的原意。本想启用"牠"这个"异体字"，但因有文字不规范之嫌而作罢。希望以后能有机会弥补这一缺憾。

在翻译本书过程中，我曾得到我的朋友、美国希拉学院文学院写作中心主任帕特·麦克德米德（Patt Mc-Dermid）教授的帮助，他的睿智和洞察力给了我很多启发，在此特表示衷心的感谢。同时也感谢天津人民出版社的孙瑛编辑为此书付出的辛勤劳动。

谷启楠

---

①海明威在 1926 年 4 月 11 日致 F.斯科特·菲茨杰拉德的信中首次提出"压力下的风度"这个说法。1929 年 11 月 30 日出版的《纽约人》杂志刊登了专访海明威的文章《艺术家的报偿》。文中说，多萝西·帕克问海明威："你所说的勇气到底指什么？"海明威回答："我指的是'压力下的风度'。"参见 http://www.time-lesshemingway.com/content/quotationsfag#graceunderpressure.